CW00522380

COLLECTION

FOLIO/ESSAIS

Daniel Arasse

On n'y voit rien

Descriptions

Denoël

Cet ouvrage a précédemment paru aux Éditions Denoël

Normalien, ancien membre de l'École française de Rome, Daniel Arasse (1944-2003) était directeur d'études à l'EHESS (Centre d'Histoire et de Théorie des Arts). Plusieurs de ses livres font date, dont *Le Détail, Pour une histoire rapprochée de la peinture* (Flammarion, 1992), *La Renaissance maniériste* (Gallimard, 1997), *Léonard de Vinci* et *L'Annonciation italienne* (Hazan, 1997 et 1999), mais aussi *Anselm Kiefer* (Éditions dU Regard, 2001).

Cara Giulia

Cara Giulia,

Cette lettre, un peu longue, risque de t'étonner, de t'irriter même peut-être. J'espère que tu ne m'en voudras pas, mais il faut que je te l'écrive. Comme je te l'ai trop vite dit, je n'arrive pas à comprendre comment il t'arrive parfois de regarder la peinture de façon à ne pas voir ce que le peintre et le tableau te montrent. Nous avons la même passion pour la peinture ; comment se fait-il qu'au moment d'interpréter certaines œuvres, nous puissions être aussi loin l'un de l'autre ? Je ne prétends pas que les œuvres n'auraient qu'un seul sens et qu'il n'y en aurait donc qu'une seule « bonne » interprétation. Ça, c'est Gombrich qui l'a dit, et tu sais ce que j'en pense. Non, ce qui me préoccupe, c'est plutôt le type d'écran (fait de textes, de citations et de références extérieures) que tu sembles à tout prix, à certains moments, vouloir interposer entre toi et l'œuvre, une sorte de filtre solaire qui te protégerait de l'éclat de l'œuvre et préserverait les habitudes acquises dans lesquelles se fonde et se reconnaît notre communauté académique. Ce n'est pas la première fois que nous n'avons pas le même avis mais, cette fois, je t'écris. Je n'espère pas vraiment te convaincre mais, peut-être, te faire t'interroger et faire vaciller ce qui a l'air d'être pour toi des certitudes et qui, pour moi, t'aveugle.

Je laisse de côté le *Psyché et Cupidon* de Zucchi. Il y aurait beaucoup à dire, tu peux l'imaginer, après la lecture que tu en as proposée le mois dernier. Ce sera pour une autre occasion peut-être. Je ne te parlerai que de ton intervention sur le *Mars et Vénus surpris par Vulcain* de Tintoret. Plusieurs fois, tu as touché juste et tu m'as fait voir ce que je n'avais pas vu. Par exemple, tu as raison de dire que Vulcain, penché au-dessus du lit et du corps nu de Vénus, évoque un satyre découvrant une nymphe. J'aime cette idée du désir inopiné du mari devant le beau corps de sa femme. Mais j'en tire, tu le verras, des conclusions très différentes des tiennes. De même, quand tu dis que l'érotisme de ce corps, généreusement offert au regard, incite les femmes qui regarderaient le tableau à s'identifier à la déesse de l'amour, ta conclusion commence bien. Mais quand, ensuite, sous le prétexte que seul Vulcain serait digne, alors que Vénus serait honteuse et Mars ridicule, tu estimes que cette incitation est morale, que Tintoret exploite les pouvoirs de l'image et les séductions de son pinceau pour canaliser le désir féminin (ce ne sont pas tes termes, mais c'est à peu près ça), je ne te suis plus. Tu affirmes, par exemple, que Vénus cherche à couvrir sa nudité surprise ; mais qu'est-ce qui te dit qu'elle ne la dévoile pas au contraire, cette nudité, pour séduire Vulcain ? Pourquoi n'y aurait-il pas de l'humour dans ce tableau ? J'ai l'impression que, toi, si rieuse d'habitude, tu n'as pas voulu faire joyeusement de l'histoire de l'art. Comme si c'était un devoir professionnel de ne pas rire, ni même sourire. Ce ne serait pas sérieux. *Serio ludere*, « jouer sérieusement », tu connais pourtant ce proverbe de la Renaissance, et son goût pour le rire et le paradoxe. On dirait que, pour être sérieuse, tu devrais te prendre au sérieux, être *seriosa* et non *seria* comme vous dites en italien, montrer patte blanche à ces gardiens de cimetière qui se drapent dans la prétendue dignité de leur discipline et, au nom d'un triste savoir, veulent qu'on ne rie jamais devant la peinture. Toi, Giulia, *seriosa ?* Par pitié !

Alors, si tu n'as pas déjà jeté cette lettre, je reprends tout de zéro. Je suis bien d'accord que, dans ce tableau, Tintoret a traité de façon inattendue le thème rebattu de *Mars et Vénus surpris par Vulcain*. D'habitude, Mars et Vénus sont nus, couchés dans le lit de l'adultère, pris dans le filet que Vulcain, averti par Apollon, a fait tomber sur eux. Rien de tout cela dans le tableau conservé à Munich. Vénus est nue, c'est sûr, et elle est bien étendue sur le lit. Mais elle y est seule ; Mars s'est réfugié sous la table, en armure, casque en tête, tandis que Vulcain, un genou sur le lit, soulève le léger tissu qui dissimule le sexe de sa femme. À côté, sous la fenêtre, dans un berceau, Cupidon s'est abandonné au sommeil. On n'a jamais vu et on ne verra jamais plus ce thème traité de la sorte. D'après toi, en le représentant de façon aussi paradoxale, Tintoret aurait voulu, par un contre-exemple, exalter les mérites de la fidélité conjugale. Ce ne serait pas la première fois que l'adultère de Vénus serait exploité pour faire peur aux jeunes mariées. J'en conviens. À l'appui de ta thèse, tu invoques les nombreux textes publiés à Venise pour condamner l'adultère et les images érotiques. Je deviens perplexe. Ce n'est pas parce que ces textes existent, ce n'est même pas parce qu'ils auraient été publiés en même temps que le tableau était peint qu'ils contribuent nécessairement à expliquer ce tableau. Ce serait trop simple.

Il peut exister, au même moment dans une même société, des points de vue ou des attitudes contradictoires. Tu le sais aussi bien que moi. Pour appuyer ton point de vue, tu es allée jusqu'à suggérer que le tableau pourrait faire allusion à un épisode de la vie privée de Tintoret et s'adresser à sa jeune épouse. Là, tu vas décidément trop loin. D'abord, nous ignorons tout d'un tel épisode et, si le tableau date à peu près de 1550 (c'est ce que tu as, toi-même, proposé), c'est sans doute l'année où Tintoret se marie, mais il a alors trente-deux ans. Ce n'est pas parce qu'il finira, près de quarante ans plus tard, par ressembler à son Vulcain qu'il faudrait y voir, déjà, un autoportrait déguisé, ni même son délégué dans le tableau. D'accord ?

Je viens au principal. Ton interprétation repose sur un principe simple, que tu as énoncé à peu près dans ces termes : le *Mars et Vénus surpris par Vulcain* de Tintoret n'est pas une représentation habituelle du thème, c'est donc une allégorie. C'est un peu court ! Tout ce qui est inhabituel n'est pas nécessairement allégorique. Ça peut être sophistiqué, paradoxal, parodique, je ne sais pas. Comique, par exemple. Tu as bien signalé que Mars était ridicule, à moitié caché sous la table avec son casque sur la tête. Mais tu t'es empressée de rabattre la dimension morale sur cette situation de vaudeville : d'après toi, la position ridicule de Mars rabaisserait l'amant pour mieux mettre en valeur la dignité mélancolique du vieux mari bafoué. Mais quelle dignité mélancolique ? Vulcain est tout aussi ridicule ! Regarde ! Que fait-il, au juste, ce mari bafoué ? Que cherche-t-il entre les cuisses de sa femme ? Quelles preuves ? Quelles traces Mars a-t-il bien pu laisser là ? Je n'insiste pas. Son geste et son regard me font plus penser à une polissonnerie de l'Arétin qu'à une exhortation morale. D'ailleurs, tel que Tintoret nous le présente, ce pauvre Vulcain n'est pas seulement boiteux : à force de taper sur son enclume, il a dû devenir sourd comme un pot. La preuve : il n'entend même pas le chien. Et, pourtant, il en fait du bruit, le cabot : il aboie tout ce qu'il peut pour indiquer où est Mars. Un vrai roquet. Mais Vulcain n'entend rien ! Tu devines pourquoi ? Ce n'est pas tellement qu'il soit sourd ; c'est qu'il pense à autre chose. À ce moment précis (et Tintoret a tout fait pour nous montrer qu'il représentait un instant), Vulcain oublie ce qu'il était venu chercher. Il est distrait. Ce qu'il voit là, entre les cuisses de sa femme, le rend aveugle (et sourd) à toute autre chose. Il ne voit plus que ça, il ne pense plus qu'à ça. Je n'invente rien. Il suffit de regarder dans le grand miroir qui est derrière lui pour voir ce qui va se passer, dans l'instant qui suit.

À propos, deux mots sur ce miroir. Tu n'as pas signalé qu'il était bizarrement placé. Non seulement il occulte en partie la fenêtre qui nous fait face, mais il est situé très bas, pratiquement à la hauteur du lit de Vénus et plus bas, en tout cas, que le berceau où dort Cupidon. En fait, si tu regardes bien, il n'est pas accroché au mur ; il doit être posé sur un meuble, dissimulé à nos yeux par la table sous laquelle Mars s'est caché. Mais qu'est-ce qu'il fait là ? À quoi peut-il servir, si bas placé ? À refléter les ébats de Vénus ? C'est bien possible. Je ne doute pas qu'on trouvait ce genre de dispositif à Venise au XVIe siècle. Mais cette hypothèse nous éloigne encore plus d'une représentation moralisante. À moins qu'il ne s'agisse pas vraiment d'un miroir. Tu as dit qu'il pouvait s'agir du bouclier de Mars. Dans ce cas, c'est un drôle de bouclier Ce n'est pas seulement sa taille qui me gêne (il est vraiment très grand), c'est surtout qu'il puisse servir de miroir. Je croyais que c'était le bouclier de Persée qui était lisse et poli, au point de pouvoir pétrifier Méduse. Il est vrai qu'Énée aussi avait un bouclier-miroir. Erasmus Weddigen le rappelle à propos de ce tableau. Fabriqué par les cyclopes, c'était un bouclier enchanté qui faisait apparaître sur sa surface le destin futur, grandiose, de Rome. Ce rapprochement est arbitraire (d'ailleurs, tu ne l'as pas évoqué) mais il me va. Parce que, justement, que voit-on dans le miroir-bouclier de Tintoret ? Tu n'as parlé que du reflet (mal visible) d'un second miroir, placé hors champ, de notre côté de la scène : ce serait le miroir de Vénus à sa toilette, posé au bord du lit et se reflétant dans le bouclier de Mars. (Belle image, soit dit en passant, du désir partagé : le miroir de l'une se reflétant dans le bouclier de l'autre et le transformant en miroir d'amour.) Weddigen parle aussi de ce miroir hors champ mais, puisque tu n'as rien dit de son texte, je laisse de côté la reconstruction optique qu'il propose et les conclusions qu'il en tire. Elles sont très éloignées des tiennes, mais peu importe. Pour toi, ce miroir que nous ne voyons pas, ce miroir caché permettrait à Vénus de voir Vulcain arriver par le fond alors même qu'elle tournerait le dos à la porte — et tu as brillamment opposé ce miroir, instrument de tromperie, à l'autre, posé contre le mur, miroir révélateur de vérité. Admettons. Mais de quelle vérité s'agit-il ?

Weddigen et toi parlez abondamment du reflet du miroir de Vénus dans le bouclier de Mars. Ce n'est pas moi qui vous reprocherai de vous intéresser à un détail à peine visible. Mais vous ne dites rien de ce qui se montre manifestement dans ce même bouclier : Vulcain de dos, penché sur le corps de Vénus. Pourtant, regarde mieux : c'est un reflet singulier, étrange, anormal. Car, de son action au plus près de Vénus à son reflet dans le miroir, Vulcain a changé de position. Regarde ! Au premier plan, il n'a que le genou droit sur le lit ; sa jambe gauche est tendue, un peu raide (normal, pour un boiteux), et son pied gauche repose sur le sol, assez loin du lit. Au contraire, dans le miroir, comme le montrait très bien le détail que tu as projeté, Vulcain semble avoir aussi le genou gauche (devenu son genou droit dans le reflet) posé sur le bord du lit. Je ne pense pas, mais pas du tout, que ce soit une maladresse ou une inattention du peintre. Au contraire, face à nous, bien en évidence, le miroir nous montre ce qui va se passer dans l'instant qui va suivre celui qui est représenté au premier plan du tableau : Vulcain va grimper sur le lit — et on imagine bien la suite. L'idée te paraît saugrenue ? Pas tellement : s'il s'agit du bouclier-miroir de Mars, il fonctionne comme celui d'Énée et montre le futur (proche) de cette scène de vaudeville. Et, si, comme tu le penses, c'est un miroir révélateur de vérité, il indique la leçon à tirer de la scène que nous voyons, la moralité de la fable. Reste à savoir de quelle vérité, de quelle moralité il s'agirait.

Qu'arrive-t-il en effet à Vulcain ? Il est venu interrompre les ébats (non entamés) de Vénus et de Mars. Cependant, au lieu d'écouter le chien, il va chercher entre les cuisses de sa femme la preuve de son infortune supposée mais, à ce que montre le miroir, ce qu'il voit là lui fait oublier tout le reste. Il est pris sous le charme du sexe de son épouse et se retrouve, c'est toi qui l'as dit, excité comme un satyre découvrant une nymphe. Weddigen évoque, lui, entre autres, Tarquin s'apprêtant à violer Lucrèce. Apparemment, le rapprochement est paradoxal — après tout, Vulcain et Vénus sont mariés et c'est elle l'infidèle. Mais c'est assez bien vu en fait, car l'emportement sexuel dans lequel se trouve pris Vulcain est très explicite dans le dessin préparatoire conservé à Berlin : en l'absence de Mars, de Cupidon et du chien, Vénus semble vouloir fuir tandis que Vulcain a tout l'air du violeur passant à l'acte. Dans le tableau, la mise en contexte de cette pose typique lui fait perdre sa violence explicite : Vulcain n'est plus (au premier plan) qu'un vieillard toujours vert (dans le miroir). Pour moi, ce décalage (exceptionnel) entre la scène et son reflet est essentiel à l'idée que Tintoret s'est faite de son tableau, à ce qu'on appelait son *invenzione* : il condense le nœud comique du tableau et la moralité qu'on peut tirer de la petite comédie imaginée par Tintoret à partir d'Ovide.

Parce que ce tableau est comique. Excuse-moi d'insister, Giulia, mais il le faut puisque l'idée ne t'a pas effleurée — et tant pis si je suis un peu lourd ! Mars est ridicule, caché sous la table comme l'amant dans le placard. Vulcain est comique, qui s'y laisse prendre une fois de plus, aveuglé par la fente de Vénus. Comique aussi, le roquet qui aboie avec rage en vain. Même Cupidon endormi est comique : épuisé par ses propres efforts, il s'est vaincu lui-même (ce n'est plus *Omnia vincit Amor*, mais *Amorem vincit Amor*). Le vase de verre posé sur le rebord de la fenêtre est plus subtil, parce que plus irrévérencieux sans doute : il fait sourire car il évoque irrésistiblement la transparence du vase virginal de Marie « qui-n'a-jamais-connu-d'homme ». Et même la construction perspective pourrait bien avoir un rôle comique latent : elle dramatise la scène en conduisant le regard vers la porte par où Vulcain est entré, mais elle mène, du même coup d'œil et dans un mouvement souligné par l'index pointé de Mars, vers un four manifestement éteint. Celui de Vulcain ? ou celui de Vénus, que Vulcain va devoir, après l'avoir refroidi par sa propre faute, s'employer à rallumer ?

Finalement, seule Vénus n'est pas vraiment drôle. Elle se trouve, sans doute, dans une situation inconfortable ; elle a risqué l'humiliation et le ridicule. Mais, une fois de plus et contrairement à ce que raconte Ovide, elle va s'en tirer au moindre effort — sinon au moindre prix : combien coûte une passe avec Vénus ? Quel cadeau va lui faire son mari satisfait ? En tout cas, ce n'est pas cette fois que Vulcain l'attrapera et fera rire tous les dieux à ses dépens. Occupé comme il va l'être, il ne verra ni n'entendra Mars sortir sur la pointe des pieds de son armure. Or, si cette fable a une moralité — grivoise, bien sûr, et machiste —, c'est là qu'elle réside : toutes les mêmes, ces femmes, des catins, des séductrices qui nous trompent, nous les hommes, qui exploitent notre aveuglement, qui se jouent de nous et de notre désir, qui nous mènent par le bout du nez (du sexe, en fait) et nous ramènent au rang soit de jeunes butors obligés de se cacher sous une table, soit de cocus contents.

Mes conclusions sont donc radicalement opposées aux tiennes. Tu vas me dire que tout cela est divertissant, joli, bien conduit, mais que ce n'est qu'une interprétation subjective, que je n'ai pas de texte pour justifier ce que j'avance. Erreur ! À cause de toi, grâce à toi, pour pouvoir t'écrire et que tu me prennes au sérieux, j'ai cherché des textes. Je n'ai pas mis longtemps à les trouver. Le mérite ne m'en revient pas, c'est Beverly Louise Brown qui évoque à propos de ce tableau les multiples textes hostiles au mariage, publiés alors à Venise dans la tradition de Juvénal, Boccace ou Érasme. Elle cite Anton Francesco Doni, Lodovico Dolce, mais aussi les farces, nouvelles et autres *commedie erudite* qui ne parlent que de couples mal assortis, de maris trompés et de cocus ridicules. Son article est impeccable et, franchement, le contexte qu'elle suggère me paraît plus pertinent, plus convaincant que les références que tu as invoquées de ton côté. Mais, à la limite, peu importe. Ce que je trouve plus significatif, c'est que je n'ai pas eu besoin de textes pour *voir* ce qui se passe dans le tableau. Les étudiants pourraient en témoigner : il y a longtemps que je le commente de cette façon. C'est peut-être là l'essentiel de ce qui nous sépare. On dirait que tu pars des textes, que tu as besoin de textes pour interpréter les tableaux, comme si tu ne faisais confiance ni à ton regard pour voir, ni aux tableaux pour te montrer, d'eux-mêmes, ce que le peintre a voulu exprimer.

Autre chose. Tu as voulu, à toute force, trouver un thème matrimonial dans ce tableau. Pourquoi pas ? Peindre un tableau contre le mariage, c'est encore traiter le thème matrimonial. Mais, toi, tu veux qu'un tableau « matrimonial » exalte le mariage. Ce n'est qu'une idée toute faite, conséquence néfaste de la manie (d'origine anglo-saxonne, me semble-t-il) de voir dans tous les tableaux de femmes nues des « tableaux de mariage ». Au départ, l'hypothèse n'était pas fausse et elle a donné de bons résultats. Dans la société chrétienne de la Renaissance, après tout, c'est le mariage qui légitime la sexualité. (Marguerite de Navarre dit qu'il est une « couverture ».) Avec la mythologie, c'est lui qui autorise le spectacle de la nudité. (Et encore...) Mais il ne faudrait pas simplifier. En 1550, la femme nue est banale, en peinture. C'est bien pour cela que l'Église commence à s'en préoccuper. Et puis, pour ce *Mars et Vénus surpris par Vulcain*, que sait-on de la destination du tableau ? Tu l'as dit toi-même : on ignore tout de son origine et des conditions de sa commande. Pour des raisons stylistiques, on le date maintenant de 1550 environ mais on ne sait toujours pas pour qui, ni à la demande de qui il a été peint. La pose de Cupidon faisant référence à un marbre de Michel-Ange possédé par les Gonzague de Mantoue, on suppose parfois que le tableau était destiné aux Gonzague. Mais il ne fait pas partie de la collection Gonzague vendue en 1623, et l'hypothèse reste donc très fragile. En fait, on ne sait rien sur le tableau avant 1682, quand il est vendu en Angleterre. Pire encore, comme le souligne aussi Beverly Louise Brown, il n'a laissé aucune trace dans les œuvres d'artistes contemporains. Autrement dit, à peine peint, il disparaît de la circulation. Étonnant tout de même, pour un tableau d'un tel maître… Faisons une hypothèse : et s'il avait été peint pour une grande courtisane de Venise, à la demande d'un de ses amants — pourquoi pas un jeune Gonzague ? Quand je t'ai proposé cette hypothèse, tu n'as pas voulu la retenir. Pourquoi ? Tu sais comme moi qu'à Venise certaines courtisanes étaient des femmes estimées, admirées, respectées — sauf par l'Église sans doute, mais certainement par certains ecclésiastiques. Est-ce qu'on doit imaginer qu'elles vivaient dans des chambres de bonne, dans de sordides maisons de passe ? Qu'il n'y avait aucun tableau dans les pièces où elles recevaient et, parfois, tenaient salon ? Je pense à la belle Tullia d'Aragon et je trouve que le *Mars et Vénus surpris par Vulcain* de

Tintoret aurait été bien à sa place dans son salon, sa chambre ou son antichambre, qu'il en aurait satisfait le « decorum », comme on disait, et que tout le monde en aurait perçu sans hésiter la veine comique.

Tu n'es pas d'accord, je le sais, avec cette idée. Je n'ai ni texte ni documents d'archives pour prouver ce que j'avance et, donc, ce n'est pas historiquement sérieux. Mais je crains, moi, que ce sérieux historique ne ressemble de plus en plus au « politiquement correct », et je pense qu'il faut se battre contre cette pensée dominante, prétendument historienne, qui voudrait nous empêcher de penser et nous faire croire qu'il n'y a jamais eu de peintres « incorrects ». C'est le principe de l'iconographie classique qui, sinon, y perdrait son latin et ses certitudes. Jean Wirth a écrit là-dessus de jolies choses au début de son *Image médiévale*.

Je ne sais pas si tu m'auras lu jusqu'au bout. Je l'espère : il n'y a qu'à toi que je pouvais envoyer une telle lettre. Je me rappelle que tu aimes, toi, remettre en cause les idées reçues — même quand ce sont les tiennes. Tu te souviens de notre discussion sur la Chambre des époux, la *Camera degli sposi*, de Mantegna ? Là aussi, déjà, nous n'étions pas d'accord. Et si c'était le mariage qui nous séparait ?

Con tanti abbracci vigorosi

L'Hospitalet,
juillet 2000.

Le regard de l'escargot

Je vous vois venir : vous allez encore dire que j'exagère, que je me fais plaisir mais que je surinterprète. Me faire plaisir, je ne demande pas mieux, mais, quant à surinterpréter, c'est vous qui exagérez. C'est vrai, j'y vois beaucoup de choses dans cet escargot ; mais, après tout, si le peintre l'a peint de cette façon, c'est bien pour qu'on le voie et qu'on se demande ce qu'il vient faire là. Vous trouvez ça normal, vous ? Dans le somptueux palais de Marie, au moment (ô combien sacré) de l'Annonciation, un gros escargot qui chemine, yeux bien tendus, de l'Ange vers la Vierge, vous n'y trouvez rien à redire ? Et au tout premier plan ! pour un peu, on verrait la piste que sa bave trace derrière lui ! Dans le palais de Marie, si propre, si pure, la Vierge immaculée, ce baveux fait plutôt désordre et, en plus, il est tout sauf discret. Loin de le cacher, le peintre l'a mis sous nos yeux, immanquable. On finit par ne plus voir que lui, par ne plus penser qu'à lui, qu'à ça :

qu'est-ce qu'il fait là ? Et ne venez pas me dire que c'est une fantaisie du peintre. Sans doute, c'est aussi un *capriccio* de Francesco del Cossa et il fallait peut-être un peintre de Ferrare pour donner cette forme paradoxale à l'affirmation de sa singularité. Mais le *capriccio* n'explique pas tout, vous le savez comme moi. Si cet escargot n'était qu'une fantaisie du peintre, le commanditaire l'aurait refusé, effacé, recouvert. Or il est là, et bien là. Il doit donc y avoir une bonne raison qui justifie sa présence en un tel endroit à un tel moment.

Vous avez une solution. Toujours la même : l'iconographie. Une fois de plus, elle calme vos inquiétudes et répond à toutes vos questions. Je l'ai lu, moi aussi, ce texte du *Journal of the Warburg and Courtauld Institutes* où une savante spécialiste donne le texte et l'image qui « expliquent » l'escargot de Cossa. C'est tout simple. Ces braves primitifs croyant que l'escargot était fertilisé par la rosée, celui-ci était facilement devenu une figure de la Vierge dont l'ensemencement divin était, entre autres, comparé à la fertilisation de la terre par la pluie : *Rorate coeli...* « Cieux laissez tomber votre rosée... » La savante iconographe est d'autant plus sûre de son affaire qu'elle apporte la preuve de ce qu'elle avance : une image, une vilaine gravure, avec, au-dessus de ce texte marial, quelques escargots arrosés par de grosses gouttes célestes. Pour vous, la cause est entendue, le tour est joué : l'escargot est une figure de la Vierge au moment de l'Annonciation — et le *Journal of the Warburg and Courtauld Institutes* s'en porte désormais garant. Hop là ! Adjugé ! Emballez, c'est vendu !

Quand même, moi, j'hésite. J'ai des doutes. Si la figure était aussi bonne, tellement « naturelle », on en trouverait d'autres, des escargots d'Annonciation. Or, vous, les iconographes, vous en connaissez d'autres ? À ma connaissance en tout cas, ils sont très rares. Je vais tout vous dire : je n'en ai vu qu'une seule autre fois — et, encore, ce n'était même pas sûr. Dans une médiocre *Annonciation* de Girolamo da Cremona conservée à la Pinacothèque de Sienne, sur le sol, à l'aplomb du lys de Gabriel, j'ai cru voir deux ou trois cailloux qui ressemblaient vaguement, très vaguement, à des coquilles vides. Non, les escargots, c'est dans les Résurrections ou les images funéraires qu'on les rencontre (parce qu'ils ressortent de leurs coquilles, comme le feront les morts au Jugement dernier). On en trouve trop peu dans les Annonciations pour que vous puissiez décréter, sans autre forme de procès, que c'est une figure normale de la Vierge au moment de l'Incarnation. Une fois de plus, vous êtes parvenus à vos fins : vous avez aplati ce qui vous gênait, vous avez banalisé la rareté qui avait attiré votre attention. Votre iconographie a rempli sa tâche : elle a écrasé l'escargot. Il ne gêne plus. Décidément, les iconographes sont les pompiers de l'histoire de l'art : ils sont là pour calmer le jeu, pour éteindre le feu que risquerait d'allumer telle ou telle anomalie, parce qu'elle vous obligerait à y regarder de plus près et à constater que tout n'est pas aussi simple, aussi évident que vous le souhaitez.

Soyons justes : la savante du *Journal of...* a trouvé ce qui a constitué une des conditions de possibilité de l'invention saugrenue de Cossa. Pour qu'il mît son escargot dans son *Annonciation*, il fallait qu'il pût y trouver un sens acceptable aux yeux de ses commanditaires — et de lui-même. Mais la savante n'a pas expliqué ce qu'il fait là, au tout premier plan du tableau, sous notre nez. Et pour cause : ce n'est pas le rôle de l'iconographie. Elle n'a pas à nous dire pourquoi le peintre l'a mis à cet endroit, ça échappe à ses compétences. Pourtant, dans ce tableau, c'est bien la question : que fait-il là, cet escargot ?

Pour y répondre, à mon avis, il faudrait d'abord savoir où se trouve cet endroit, où se trouve, dans le tableau, le lieu de l'escargot. Vous ne voyez pas ce que je veux dire ? C'est le genre de question qui vous échappe et que vous trouvez superflue. À quoi bon couper les cheveux en quatre ? On voit bien où il est ; pourquoi se mettre martel en tête ? C'est que, justement, à accepter l'évidence (il est là, au tout premier plan, au bord du tableau), vous passez à côté de l'essentiel, de ce que le peintre vous a demandé de voir. Si je vous le dis, c'est parce que, moi aussi, pendant longtemps, j'ai cru qu'il suffisait de dire que l'escargot était au bord du tableau pour tenter de saisir l'idée de Cossa. J'avais abouti à une explication intéressante — je dirais même brillante, pas besoin de fausse modestie entre nous — mais j'y ai renoncé : elle était inaboutie, trop fragile. Je vais quand même vous la dire. Elle était assez amusante.

J'étais parti de l'idée que le sens de la place donnée à l'escargot était indissociable de la construction perspective. Je le pense toujours, parce que l'œuvre est une véritable démonstration, un tour de force de perspective. Ses lignes de fuite convergent très normalement au centre mais elles viennent si bien buter sur la majestueuse colonne que l'espace s'ouvre de part et d'autre, latéralement, vers la chambre toute proche de Marie et vers une ville dont les palais s'enfoncent profondément dans le lointain. Bref, Cossa y fait montre d'une virtuosité assez rare, en 1469, en Italie. Le brio sophistiqué, très ferrarais, de cette construction est renforcé par la disposition des personnages qui confirme que Cossa veut décidément faire preuve d'originalité. De façon tout à fait exceptionnelle, il a en effet présenté l'Ange et la Vierge obliquement, dans la profondeur : agenouillé sur la gauche au premier plan, Gabriel est vu presque de dos tandis que Marie est à mi-distance, dans la seconde travée du portique, de trois quarts face. Or, je ne sais pas si vous l'avez remarqué, cette disposition a une conséquence apparemment paradoxale : à l'intérieur de l'architecture où ils se trouvent, Gabriel et Marie jouent presque à cache-cache de part et d'autre de la colonne centrale. On ne le voit pas tout de suite, sans doute, mais c'est incontestable : la grande colonne centrale se trouve pratiquement sur l'axe qui les lie l'un à l'autre. Attention ! Ce n'est pas une erreur ou une maladresse de Cossa ; il sait très bien ce qu'il fait et, d'ailleurs, il n'est pas le seul à mettre une colonne entre Gabriel et Marie. Le grand Piero della Francesca fait la même chose en 1470 dans *L'Annonciation* qui couronne le polyptyque de Pérouse. Vous le savez certainement, si vous avez lu ce qu'a écrit à ce propos Thomas Martone. Là aussi, Gabriel a une colonne en face de lui et c'est à travers elle qu'il voit Marie. Ce n'est pas gênant : le regard de Dieu traverse les montagnes, celui d'un archange peut bien traverser une colonne. Ce n'est pas un hasard non plus d'ailleurs si c'est à travers une colonne que ce regard passe : la colonne est une figure connue, presque banale, de la divinité, le Père comme le Fils, et, dans ses *Méditations*, le pseudo-Bonaventure explique que, malgré toute la vitesse de son vol, Gabriel a été précédé par la Trinité, déjà présente, invisible ou irreconnaissable, dans la chambre de Marie au moment même où il y entre. Iconographiquement parlant — ça doit vous faire plaisir —, la colonne donne traditionnellement figure à la présence de la divinité dans la scène de l'Annonciation. Cossa le souligne presque d'ailleurs, puisque la main de Gabriel, levée vers Marie, touche visuellement le fût de cette colonne : tout en bénissant la Vierge, il indique la présence, majestueuse et mystérieuse, du divin.

C'est à partir de ce constat que j'avais d'abord tenté d'expliquer la position de l'escargot. Étant donné la sophistication dont fait preuve Cossa, je m'étais demandé, à tout hasard, si, à l'axe reliant obliquement dans la profondeur et du bas vers le haut Gabriel/sa main droite/la colonne/Marie, il n'en répondrait pas un autre, moins manifeste, qui, également à travers la colonne et la main de l'ange, lierait l'escargot à un élément qui, situé dans la profondeur et en haut du tableau, contribuerait à expliciter le sens du gastéropode. Vous vous méfiez de ce type de démarche. Vous n'avez pas tort : je ne crois pas non plus à la « géométrie secrète » des peintres. L'esprit de géométrie règne plus souvent chez l'interprète que chez l'artiste. Mais, dans ce cas précis, la composition est manifestement géométrique, le dispositif que je cherchais, s'il existait, était simple et, puisqu'il s'accordait avec l'esprit général du tableau, je ne perdais rien à essayer. Sait-on jamais ? Or quelle n'a pas été ma surprise (comme on dit) quand j'ai constaté qu'effectivement, l'axe escargot/main-de-l'ange-sur-la-colonne conduisait à peu près mon regard, dans le ciel, à la figurine de Dieu le Père. Et quelle n'a pas été ma jubilation (comme on ne dit pas), quand j'ai vu qu'avec son nuage, la configuration du Père ressemblait étrangement à celle de l'escargot, tandis que leurs dimensions étaient pratiquement identiques. La structure de l'image conduisait à l'idée que l'escargot était sur terre l'« équivalent » de Dieu dans le ciel.

De quel équivalent pouvait-il s'agir ? Bonne question : j'ai eu beau chercher, je n'ai trouvé aucun texte décrivant Dieu comme un escargot, et je n'ai pas trouvé non plus la réciproque. Manifestement, le Dieu-escargot ou l'Escargot-dieu n'ont pas été considérés sérieusement par l'exégèse chrétienne. Il est vrai que, de mon point de vue (qui n'est pas le vôtre), rien n'empêche un peintre d'inventer une nouvelle exégèse — et, plus radicalement encore, son tableau peut penser pour lui. Je veux dire que le dispositif imaginé par Cossa pouvait, de lui-même, susciter un effet de sens que son auteur n'avait pas pensé. Je trouvais mon interprétation divertissante et je la proposais régulièrement aux étudiants. J'y croyais à moitié mais, de toute façon, ce n'était pas inutile : ça leur montrait qu'on peut réfléchir quand on regarde un tableau, et que réfléchir n'est pas nécessairement triste. L'idée a d'ailleurs séduit un spécialiste célèbre de l'exégèse médiévale quand je la lui ai exposée, il y a longtemps, lors d'une rencontre à Bologne. D'après lui, même si cet escargot était le seul de son espèce, il n'y avait rien de déraisonnable à imaginer qu'il pût représenter Dieu le Père. Car, m'expliqua-t-il, une des questions qui préoccupent les exégètes médiévaux est l'insupportable longueur du délai qui sépare la Chute d'Adam et Ève et l'Annonciation, délai qui pose, entre autres, la question des Limbes et de la foule de malheureux qui y attendent la venue du Sauveur — lequel d'ailleurs s'y rend, selon Augustin, dès sa mort, avant même sa Résurrection. Pourquoi, s'interrogeait-on, alors qu'il savait depuis toute éternité qu'il s'incarnerait pour nous sauver, pourquoi Dieu avait-il attendu aussi longtemps pour le faire ? Pourquoi avait-il été aussi lent ? Autrement dit, pourquoi s'était-il comporté comme un escargot ? L'escargot pouvait donc constituer un excellent moyen pour rappeler, dans le contexte d'une Annonciation, la lenteur avec laquelle Dieu avait procédé, avant de s'incarner de si fulgurante manière. Umberto reconnut qu'il n'avait pas de texte médiéval précis en mémoire mais il pouvait, si je le souhaitais, en trouver et, s'il n'en trouvait pas, il l'écrirait lui-même ; il n'était pas inexpert en la matière.

L'idée que l'escargot rappellerait l'insondable lenteur de Dieu à s'incarner était séduisante. On pouvait imaginer que Cossa avait utilisé l'escargot, image reconnue de la Vierge, pour donner également figure à Dieu. Il aurait opéré, en quelque sorte, une condensation entre les deux et l'escargot devenait, à lui tout seul, le symbole de l'Incarnation. Pourtant, rassurez-vous, je n'étais pas convaincu. Ce qui me gênait, c'est le caractère exceptionnel de cet escargot en peinture. Si, vraiment, il avait été concevable de se représenter sous forme d'escargot non seulement Marie mais Dieu aussi, on en trouverait d'autres exemples dans d'autres Annonciations. Or, si je ne peux toujours pas affirmer qu'il s'agit d'un cas unique, je ne lui connais encore ni frères ni sœurs ; il m'est donc historiquement difficile d'affirmer qu'il est une figure de Dieu. Vous voyez que je n'ai pas encore perdu tout bon sens. Mais je n'ai pas pour autant renoncé à comprendre ce que cet escargot fait là. La place que Cossa lui a donnée implique qu'il lui attribue un sens spécifique ; Cossa a d'ailleurs tout fait pour attirer notre attention sur lui, pour que nous nous interrogions sur sa présence. (Quand je dis « nous », je pense aussi, d'abord, puisque c'est un tableau d'autel, au prêtre : quand il levait l'hostie pour la consacrer, il ne pouvait pas manquer de voir, tout près de lui, l'escargot, et peut-être s'interrogeait-il sur le sens de cette présence.) À un moment, cette « question de l'escargot » ne me quittait plus et j'ai fini par y voir comme un appel du peintre à mon regard, une question qu'il posait, au bord du tableau, à celles et ceux qui le regardaient et qui, pendant des siècles, le regarderaient.

Vous savez ce que c'est : on réfléchit, on réfléchit, on n'avance pas et puis, tout d'un coup, ça y est, on voit. On voit ce qu'on avait sous les yeux, qu'on n'avait pas encore vu alors que c'était, justement, de l'ordre de l'évidence. Un jour, donc, ce que le tableau me montrait silencieusement, au tout premier plan, m'a sauté aux yeux : cet escargot est énorme, gigantesque, monstrueux. Si vous ne me croyez pas, vous n'avez qu'à le comparer à la taille du pied de Gabriel, qui est lui aussi au tout premier plan du tableau. Je sais que jamais personne n'a pu mesurer la pointure d'un ange mais, dès lors que celui-ci prend apparence humaine, dès lors qu'il se manifeste *sub specie humana*, on admettra que, *mutatis mutandis*, son pied fait de même et qu'il mesure donc entre vingt-cinq et trente centimètres de long. Or, à l'aune du pied de Gabriel, l'incongru gastéropode fait environ vingt centimètres de long sur huit ou neuf de haut. Trop, c'est trop. En un mot, cet escargot est disproportionné par rapport à ce qui l'entoure, sans commune mesure. J'aurais pu m'interroger sur les raisons de cette monstruosité — ce qui aurait encore compliqué l'interprétation iconographique de l'animal. J'ai préféré me rendre à l'évidence. Cet escargot est bien peint *sur* le tableau mais il n'est pas *dans* le tableau. Il est sur son bord, à la limite entre son espace fictif et l'espace réel d'où nous le regardons. Le voilà, ce lieu de l'escargot dont je vous parlais tout à l'heure.

Ne faites pas semblant d'être surpris. Ce n'est pas la seule fois que Cossa peint une figure comme si elle se trouvait dans notre espace. Quelques années plus tard, dans le Salon des Mois du palais Schifanoia de Ferrare, il place aussi un personnage au bord de la représentation : assis sur un muret correspondant au plan du mur de la salle, il a les jambes qui pendent en avant de ce muret et donc, fictivement, dans l'espace réel de la salle. Et Cossa n'est ni le seul ni le premier à peindre ce genre de détails. J'ai un bon exemple à vous proposer : *L'Annonciation* de Filippo Lippi à l'église Santo Spirito de Florence. Vous vous rappelez le vase transparent que Lippi y a placé, entre Gabriel et Marie, au bord du tableau, dans une échancrure du sol, à moitié à l'intérieur de la représentation et à moitié à l'extérieur ? La comparaison est d'autant plus pertinente que, si l'escargot est une métaphore rare de la Vierge ensemencée, le vase transparent en est, lui, une figure connue : de même que la paroi du vase est traversée par la lumière sans être brisée, de même la Vierge, etc. Or, la position de l'escargot de Cossa ressemble à celle du vase de Lippi. Donc, placées à un endroit équivalent dans deux tableaux représentant le même thème, faisant toutes deux iconographiquement allusion à la conception virginale de Jésus, ces deux figures de la Vierge, l'escargot et le vase, doivent jouer un rôle équivalent. Lequel ? Relisez, si vous l'avez jamais lue, la page que Louis Marin a écrite sur ce vase de Filippo Lippi : placé « *entre* la limite extrême de l'espace représenté dans le panneau et le bord ultime de l'espace de présentation d'où il est regardé », il signe, il « remarque » le lieu de « l'échange invisible entre le regard du spectateur et le tableau » : il signale le lieu d'entrée de ce regard dans le tableau.

Vous me dites : supposons que Marin ait identifié l'idée de Filippo Lippi, quelle peut avoir été celle de Francesco del Cossa ? Comment a-t-il pu faire d'un escargot (même métaphorique) le lieu d'entrée de notre regard dans le tableau ? Je prétends que, cornes bien tendues, yeux grands ouverts, ce gastéropode nous invite à un mode particulier de regard. Soit. Mais quel regard ?

Je vais vous décevoir, mais la réponse est simple : il suffit de prendre la métaphore au pied de la lettre. Admettons qu'un escargot puisse être une figure de la Vierge Marie, mère de Dieu ; on admettra aussitôt qu'il ne lui ressemble en rien visuellement : la Vierge n'a jamais eu l'air d'un escargot. Prétendre le contraire tiendrait de la folie (confondre l'objet comme signe et l'objet comme chose), ou du blasphème. Tout cela est très normal dans le contexte allégorique de la fin du Moyen Âge. Mais, en situant son escargot comme il l'a fait, au bord du tableau, non pas dans son espace fictif mais sur sa surface réelle, Cossa le place en quelque sorte en « exergue » de son œuvre et il nous invite ainsi à une équation mentale du genre : de même que, vous le savez bien, dans la réalité, un escargot *n'est pas comme* la Vierge, de même cette *Annonciation* que vous regardez *n'est pas comme* l'Annonciation advenue à Nazareth il y aura bientôt mille cinq cents ans. Il ne s'agit pas seulement du lieu de la rencontre ou de l'allure des personnages, typiquement xve siècle, qui ne ressemblent certainement pas à ce qu'ils ont pu être, en Palestine, peu avant l'an 0 des chrétiens. Il s'agit surtout du tableau, de la représentation elle-même. Figure non ressemblante de Marie posée en exergue sur le tableau, l'escargot nous laisse entendre que ce tableau est, lui-même, une représentation non ressemblante, inévitablement inadéquate, de l'événement qu'elle représente — c'est-à-dire surtout du formidable enjeu de la rencontre entre Gabriel et Marie, qui en légitime, tant de siècles plus tard, la représentation. Autrement dit, l'escargot, figure de l'insémination divine de Marie, nous invite à percevoir qu'une *Annonciation* ne nous fera jamais voir l'objet providentiel de l'Annonciation : l'Incarnation du Dieu sauveur. Le trait de génie de Cossa a consisté à désigner cette *limite* de la représentation en mettant en scène son escargot au seuil de cette même représentation, à sa limite.

Tout cela avec un simple escargot ? C'est là que, malgré tout ce qui précède, vous parlez de surinterprétation. Je m'y tiens pourtant, et j'ai quelques bonnes raisons pour le faire. D'abord, à Ferrare, dans les mêmes années, le collègue de Cossa, Cosme Tura, a peint lui aussi une *Annonciation* dont la majestueuse construction perspective avait, apparemment, le même enjeu — c'est en tout cas la conclusion à laquelle aboutit l'analyse impeccable de Campbell. Et puis Cossa n'est pas le seul à placer ainsi, au rebord du tableau, un animal ou un objet qui met en question le statut de la représentation. Il y a, d'abord, cette pomme et cette courge (ou ce concombre) que Carlo Crivelli a peints, en 1484, au rebord de son *Annonciation* de la National Gallery de Londres. Ce n'est pas pareil ? Vous avez raison : semblant surgir en avant du plan du tableau, la courge joue un rôle de trompe-l'œil et, telle qu'elle est présentée, posée à même le sol fictif de la rue, l'incongruité de sa présence énonce avant tout l'artifice de la perspective et de ses prouesses visuelles. Chez Crivelli, la toute-puissance divine se joue de la géométrie humaine, comme le démontre agressivement le rayon d'or qui, depuis le fond du ciel jusqu'à la chambre de Marie, s'inscrit de façon absolument rectiligne sur la surface du panneau et, en rappelant ainsi sa matérialité, nie la profondeur fictive de l'espace représenté. L'escargot de Cossa n'est pas un trompe-l'œil puisqu'il est peint sur le tableau et ne surgit pas de son espace. Il est plus proche de toutes ces mouches qu'on trouve, peintes, posées sur le tableau. Mais ces mouches d'origine flamande sont aussi de l'ordre du trompe-l'œil. (Permettez-moi un souvenir. J'ai fait personnellement l'expérience de l'efficacité de ces mouches trompe-l'œil quand, entrant dans une salle du Metropolitan Museum, j'ai cru, de loin, qu'une grosse mouche était posée sur une petite *Vierge à l'Enfant* de Crivelli. Je me souviens même avoir été scandalisé qu'il pût y avoir des mouches dans un musée, surtout américain. C'est seulement en m'approchant pour chasser l'insecte que je me suis rendu compte de mon erreur, avec le bonheur de celui qui a été joué par un prestidigitateur. Je me suis senti un peu bête : j'aurais dû me rappeler que Crivelli aimait bien peindre des mouches sur ses tableaux. C'est le genre de mésaventures qui ne vous arriverait pas : vous n'oubliez jamais, vous, ce que vous savez. Pourtant, tout compte fait, je préfère me faire prendre à ce genre de jeu, continuer à être surpris par la peinture et sa présence.)

Revenons à notre escargot. C'est une sauterelle qui lui ressemble le plus : celle que Lorenzo Lotto a peinte sur le bord d'un de ses *Saint Jérôme pénitent*, conservé à Bucarest. Disproportionnée elle aussi par rapport au reste de la représentation (elle est presque aussi longue qu'est large la tête du saint), elle n'appartient évidemment pas au désert où le saint fait pénitence ; elle est, fictivement, dans notre espace, posée sur le tableau. Au départ, elle avait l'air d'être posée sur son cadre (disparu aujourd'hui), à la limite entre l'espace représenté dans le tableau et l'espace où ce tableau est donné à voir et se présente lui-même par le truchement de ce cadre et de cet insecte ravageur. Autrement dit, comme le vase de Lippi, comme l'escargot de Cossa, la sauterelle de Lotto fixe le lieu de l'entrée de notre regard dans le tableau. Elle ne nous dit pas ce qu'il faut regarder, mais comment regarder ce que nous voyons. On peut même dire, je crois, à quel type de regard cette sauterelle nous invite. Aucun besoin de se demander comment voient les sauterelles. Lotto n'en savait rien et ce n'était sûrement pas son problème. C'était de toute façon le cadet de ses soucis car il savait ce dont, en peinture, elle pouvait être le signe. Huitième plaie envoyée par Dieu sur l'Égypte pour accabler le pharaon qui résiste à sa volonté, on la retrouve, parfois, en peinture, dans la main de Jésus où elle évoque alors, à l'inverse, la conversion des nations au christianisme. Peinte comme elle l'est sur ce *Saint Jérôme pénitent*, c'est le signe qu'elle nous fait : fixant le lieu où se joignent et s'échangent notre espace et celui du tableau, elle nous invite à entrer mentalement dans l'image, à nous appliquer cette image (comme diront les dévots du XVIIe siècle — et Dieu sait si Lotto était dévot !), à faire, dans notre monde, comme saint Jérôme dans le sien : fuir les séductions terrestres et, contre le souvenir hallucinant de leurs tentations, nous livrer sans retenue (jusqu'au masochisme) à l'amour du Christ.

Pour cette sauterelle, vous êtes d'accord. De toute façon, Lotto était un type bizarre et cette interprétation du tableau s'accorde bien à ce que vous savez de lui : « vertueux comme la vertu » comme le lui a écrit (méchamment) l'Arétin, chrétien fervent au point d'avoir, catholique, des sympathies pour le christocentrisme protestant et de se faire enterrer au sanctuaire de Lorette, le plus près possible de la maison de la Vierge, à même le sol, dans un habit du tiers ordre dominicain.

Malheureusement pour vous, je vais encore compliquer les choses : la sauterelle de saint Jérôme n'explique pas l'escargot de la Vierge. Ce n'était qu'un détour. Ils ont beau être au même endroit et, ainsi, se ressembler, ils ne sont pas pareils. Une différence, infime mais décisive, les distingue. La sauterelle est un animal du désert. Saint Jean-Baptiste s'en nourrissait, dit-on, quand il s'était, déjà, réfugié loin du monde, et elle accompagne souvent les ermites dans leurs expériences mystiques. Lotto n'en a pas peint autour de son pénitent (il n'y a mis que deux serpents et un squelette d'oiseau) et on peut donc, d'une certaine manière, considérer qu'elle a volé du tableau dans notre monde, qu'elle est sortie de l'image pour mieux nous y faire entrer. C'est ce que Mauro Lucco a appelé la « perméabilité » qu'elle suggère entre le monde du tableau et le nôtre. Or, si cette perméabilité peut exister, c'est bien que la présence de la sauterelle est logique, attendue, dans le monde de saint Jérôme. Au contraire, l'escargot n'a, lui, rien à faire dans le palais de Marie, propre comme un sou neuf, par ce beau soleil d'un début de printemps. L'invention de Cossa est plus paradoxale, plus surprenante — osons le mot : elle est intellectuelle, théorique. Aïe ! C'est là que le bât blesse. Vous n'aimez pas la théorie. Pourtant, c'est bien de cela qu'il s'agit.

L'escargot de Cossa, je me répète, est indissociable de la démonstration de perspective qui lui sert de fond. C'est grâce à ce fond, sur lui et contre lui, que l'escargot se révèle extérieur à l'espace du tableau. Vous ne suivez plus ? J'ai dû mal m'exprimer car pas besoin de théorie pour constater ce que je veux dire. Il suffit de voir le tableau. Je suis allé le revoir, justement, à Dresde. Sage précaution, car j'ai eu une double surprise. D'abord, le tableau est moins grand que je ne me le rappelais. Je l'avais trop étudié sur des reproductions et les dimensions ont beau être indiquées (137 centimètres de haut sur 113 de large), on ne se rend pas compte. L'architecture du palais de Marie est si imposante que j'avais fini par imaginer que c'était un très grand format. Ce n'est pas le cas. Du coup, seconde surprise, tel qu'il est peint là, l'escargot n'a rien d'énorme : c'est un beau spécimen d'escargot, pas un petit-gris, plutôt un bon bourgogne, environ huit centimètres de long. Allez-y et regardez : quand on est devant le tableau, l'escargot a l'air normal. C'est la Vierge qui est petite — et c'est là que je voulais en venir. En fait, par sa disproportion, l'escargot fait, localement, échec à la profondeur fictive de la perspective et restaure la présence matérielle de la surface du panneau, du support de la représentation. D'ailleurs, en faisant avec un ami architecte le plan au sol du palais de la Vierge, nous avons constaté qu'il était rigoureusement inconstructible. C'est en surface, superficiellement, qu'il est impressionnant. Ses majestueux murs de pierre ne sont pas plus épais qu'une cloison de bois, la table octogonale sur laquelle repose le livre de Marie s'enfonce dans le pilier qui la jouxte, le coffre qui sert de base au lit virginal a une profondeur démesurée, etc. Bref, à l'indiscret qui se permet de faire ce qu'aucun spectateur du XVe siècle n'aurait jamais songé à faire, la géométrie révèle que Francesco del Cossa n'a pas cherché à construire une profondeur rigoureuse. Il n'est pas Piero della Francesca ; il lui suffit de feindre cette profondeur, derrière les personnages. Il construit un lieu scénique pour représenter (présenter à nouveau, autrement, transformer en scène) la rencontre de Dieu et de sa créature.

Où est la théorie dans tout cela ? Patience, j'y viens. Posé sur cet espace de représentation et le désignant comme tel, l'escargot nous montre qu'il ne faut pas nous laisser prendre à l'illusion de ce que nous voyons, ne pas y croire. Voilà où réside le cœur du paradoxe mis au point par Cossa : c'est au terme d'un tour de force perspectif que le peintre ruine subrepticement le prestige de la perspective. Mais, vous avez raison d'insister, à quoi faut-il ne pas croire et pourquoi un tel jeu ? On y arrive.

Francesco del Cossa n'avait pas lu Panofsky. Il ne savait pas que la perspective allait devenir, comme l'a rétrospectivement définie le savant allemand, la « forme symbolique » d'une vision du monde qui serait rationalisée par Descartes et formalisée par Kant. Il ne pouvait pas le savoir. Ce qu'il sait en revanche vers 1470, et cette nuance historique ne manquera pas de vous faire plaisir, c'est qu'elle est une affaire de mesures, que c'est un instrument récent permettant de construire et de faire voir, pour reprendre le mot de Piero della Francesca, la *commensuration* des choses. Pour Cossa, la perspective construit l'image d'un monde commensurable, en lui-même et par rapport à celui qui le regarde, en fonction de son point de vue. Et ce monde n'est pas infini. Seul Dieu est infini. Le monde de Cossa reste fini, clos, à la mesure de l'homme. (En 1435, Alberti n'avait rien dit d'autre quand, juste avant d'ouvrir sa fameuse fenêtre — qui ne donne pas sur le monde, mais sur la composition mesurée de l'œuvre —, il avait évoqué Protagoras et sa célèbre formule sur « l'homme mesure de toutes choses ».) Cela, de la perspective, Francesco del Cossa le savait sans doute. (Alberti connaissait bien Ferrare.) Et nous pouvons dès lors, nous, deviner l'idée qu'il se faisait, dans ce contexte, de l'Annonciation. Car, dans les années 1430, le prédicateur le plus célèbre de l'époque, Bernardin de Sienne (qui connaissait assez bien Ferrare pour avoir refusé d'en être évêque, ce qui fut considéré comme un titre de sainteté), avait minutieusement exprimé une évidence : l'Annonciation, c'est, avec l'acceptation de Marie, le moment de l'Incarnation — c'est-à-dire, entre autres et dans les termes du prédicateur, la venue de l'incommensurable dans la mesure, de l'infigurable dans la figure. Regardez le tableau de Cossa. Où est Dieu le Père ? Où est la colombe ? Il faut les chercher pour les trouver. Avec ses commensurations, la perspective a réduit Dieu à une figurine lointaine, dans le ciel, juste au-dessus de Gabriel. Quant à la colombe, elle est bien là, en vol, pas loin du Père ; mais vous la voyez à peine. Normal, on dirait une chiure de mouche. La perspective s'est emparée de tout : comment pourrait-elle donner à voir ce qui fait l'essentiel de la rencontre, sa finalité et sa fin, le Créateur venant dans la créature, l'invisible dans la vision ? C'est ce que l'escargot nous demande sinon de voir, du moins de percevoir.

Cossa n'est d'ailleurs pas le seul, à nouveau, à vouloir, dans l'image commensurée d'une Annonciation, faire affleurer visuellement la présence invisible de ce qui échappe à toute mesure. Fra Angelico, Piero, Filippino Lippi, ils sont quelques-uns à ne pas se satisfaire du diktat albertien : « Le peintre n'a à faire qu'avec ce qui se voit. » Avec son escargot, Francesco del Cossa le fait « à la ferraraise », de façon aussi précise que sophistiquée. Sur le bord de la construction perspective, sur son seuil, l'anomalie de l'escargot vous fait signe ; elle vous appelle à une conversion du regard et vous laisse entendre : vous ne voyez rien dans ce que vous regardez. Ou, plutôt, dans ce que vous voyez, vous ne voyez pas ce que vous regardez, ce pour quoi, dans l'attente de quoi vous regardez : l'invisible venu dans la vision.

Une dernière question : saviez-vous que les gastéropodes y voient mal ? Pire encore, il paraît qu'ils ne regardent rien. Ils se repèrent autrement. Malgré leurs deux yeux au bout de leurs cornes bien tendues, ils n'y voient pratiquement rien ; ils distinguent tout au plus l'intensité de la lumière et fonctionnent « à l'odeur ». Cossa ne le savait certainement pas plus que vous. Mais il n'en a pas eu besoin pour faire d'un escargot la figure d'un regard aveugle. Je ne sais pas ce que vous en pensez mais, moi, ça m'en bouche un coin.

Un œil noir

D'abord, quand il a vu à la National Gallery de Londres *L'Adoration des Mages* de Bruegel, il a reconnu ce qu'il savait. Comme toujours. À la longue, c'en était même devenu lassant. Il n'arrivait plus à être surpris. Il avait tellement regardé, tellement appris à reconnaître, classer, situer, qu'il faisait tout cela très vite, sans plaisir, comme une vérification narcissique de son savoir. Chaque peintre à sa place et une place pour chaque peintre. Un savoir de gardien de cimetière. D'abord, donc, il a retrouvé la manière carnavalesque, plus ou moins rabelaisienne, propre au peintre des paysans. « Pierre le Drôle », comme l'avait surnommé Van Mander au début du XVIIe siècle. Quand même, cette fois, face au tableau, il a trouvé que Bruegel frappait fort. D'après ses souvenirs, dans ses autres peintures religieuses, Bruegel avait été moins trivial ; il atteignait même parfois une ampleur cosmique — il pensait à la *Conversion de saint Paul* ou au *Portement de croix* de Vienne. Mais là… Or, l'Adoration des Mages, tout de même, et même si ce n'est qu'une belle légende — mais le pensait-on à l'époque ? —, l'Épiphanie, pour tout chrétien, c'est un événement considérable, spirituel et religieux : non seulement la richesse et la puissance du monde s'agenouillent devant la pauvre humilité du Sauveur mais, en rassemblant devant Marie et Jésus moins d'un mois après Sa naissance des Mages (rois, astrologues, magiciens, peu importe) venus des quatre coins du monde, l'épiphanie signe la reconnaissance universelle de l'Incarnation, de la divinité humaine du Christ. Il se rappelait avec quelle somptuosité (iconographiquement légitime) le thème avait été souvent traité. Bruegel prenait manifestement et résolument le contre-pied de cette tradition pour en faire une mise en scène un peu gauche et grossière, un spectacle de village.

Plus de cortège majestueux : aucun chameau, aucune girafe, aucun destrier, pas même un cheval de labour, et les suivants, souvent prétextes à un (légitime) étalage de luxe, ne sont plus que des soldats avec leurs gueules de soudards, la soldatesque, la même partout et toujours — celle qui, sur l'ordre d'Hérode, massacrera bientôt les Innocents (inquiétante présence du soldat casqué et armé qui se penche, à l'aplomb exact de l'Enfant) ; celle aussi qui, une trentaine d'années plus tard, tournera le Christ en dérision et le couronnera d'épines (dans l'angle supérieur gauche, sinistres silhouettes prémonitoires des lances qui, après l'arrestation au mont des Oliviers, accompagneront Jésus dans toutes les phases de sa Passion). Quant aux rois, seuls leurs vêtements (hermine, manches à crevés, collerettes...) permettent d'y reconnaître des rois. Ils n'ont pas cette dignité qui doit, même dans la fatigue ou l'adversité, distinguer la majesté de la personne royale. Avec leurs cheveux longs, sales, mal peignés, ils ont plutôt l'air de vieux hippies avachis, de babas édentés. Ils paraissent ce qu'ils sont : des vieillards gâteux. À voir la raideur pénible de celui qui se penche (lumbago ? arthrite ? sciatique ?), on se demande comment son confrère, plus âgé encore, a fait pour s'agenouiller, comment il se relèvera. Les articulations ont dû souffrir et craquer. Quant à Joseph, au-dessus de Marie et derrière elle, il est à peine mieux traité. Il a le visage moins comique mais, dans le rôle du comparse, il fait l'important, avec sa grosse bedaine soulignée par la courbe de la ceinture et son grand chapeau qu'il tient soigneusement devant son sexe, comme pour cacher une braguette mal fermée. (Est-ce qu'on disait, en flamand, « porter le chapeau » ?) Et puis ce bon vieux

Joseph se laisse distraire : il penche la tête vers un jeune garçon de ferme qui, la main familièrement posée sur son épaule, lui parle à l'oreille. Qu'est-ce qu'il lui dit ? On ne le saura jamais. C'est, très exactement, un secret dont Joseph est le destinataire exclusif. Il peut s'agir d'une bagatelle (du genre « Et pour nous, pas de cadeaux ? », ou « Et maintenant, qu'est-ce qu'on fait ? », ou « Et toi, qu'est-ce que tu en penses ? », ou « Ils sont fous, ces mages », etc.) — à moins que ce ne soit une plaisanterie douteuse qu'il vient à peine de commencer, ou que Joseph n'a pas entendue, ou pas comprise. Irrésistiblement, cet aparté l'a fait penser à ce que disait sa grand-mère quand ils se parlaient à l'oreille, son frère et lui : « Pas de messe basse sans curé ! » Ce souvenir lui plaît ; après tout, le rapprochement n'est pas idiot : ce corps humain-divin du Christ que les mages reconnaissent comme tel, c'est lui que le prêtre commémorera et célébrera à la messe, au moment de l'eucharistie — et certaines Adorations des Mages sont explicitement traitées de façon à faire allusion au thème eucharistique. En tout cas, Joseph non plus n'avait pas été épargné par Pierre le Drôle.

Le parcours du tableau confortait son regard. Seuls, Marie et l'Enfant avaient trouvé grâce aux yeux du peintre. Certes, ce n'est pas la Reine des Cieux, c'est une « jeune fille toute simple » au chaste vêtement élégamment posé, et Jésus, un peu grand pour un bébé de trois semaines (mais ça, en peinture, c'est courant), a pris une pose à la fois naturelle et recherchée : avec l'aide de sa mère qui le tient, il esquisse comme un *contrapposto* un peu michelangélesque. (Il se rappelle avoir lu quelque part que le geste par lequel Marie retient la main droite de Jésus est emprunté à la « Madone de Bruges » de Michel-Ange.) Au milieu du tableau, ces deux figures forment une cellule de calme et de douceur, et Bruegel l'a soudée avec une idée que Diderot aurait sans doute qualifiée de « délicate » : tout en présentant son Fils avec un geste simple de la main droite, Marie semble, de la main gauche, vouloir le retenir contre elle, à l'abri de son grand lange blanc, tandis que, regardant le vieux mage avec une sorte de sourire prudent, l'Enfant se serre contre sa mère — comme s'il savait (et, bien sûr, il le sait, puisqu'il est Dieu) qu'il va mourir de toute cette histoire, et qu'il n'en avait pas envie, pas tout de suite. Mais la fin est déjà là : son lange blanc l'enveloppe comme le fera le linceul — et, il en est convaincu maintenant, les armes des soldats qui, dans le coin supérieur gauche, ferment la composition en se découpant sur le ciel annoncent déjà celles qui accompagneront le Christ, après l'arrestation au mont des Oliviers, tout au long de la Passion.

Il en était là de ses rêveries — arrêté aussi par le face-à-face de l'enfant et du vieil homme où Bruegel, l'air de rien, renouvelle intensément un des lieux communs les plus éculés du thème. Il en était là donc quand, sans s'y attendre, il a vu le reste du tableau : isolée sur la droite (celle du spectateur), la haute silhouette verticale de Gaspard, le troisième roi, noir. À la différence des autres figures (sauf Marie et Jésus), il n'est ni grotesque ni même comique ou dérisoirement pathétique comme Balthazar et Melchior. Bruegel n'en a pas fait un roi de carnaval, rabelaisien. Il est imposant, majestueux, royal. Soulignant sa verticalité, son admirable et simple manteau, vraisemblablement en peau retournée, lui donne cette tranquille grandeur qui caractérise les rois (de peinture). Le cadeau qu'il porte est aussi le plus recherché, le plus beau, le plus rare. Les deux autres offrent des récipients somme toute assez ordinaires, si riche que soit leur matière ; le cadeau de Gaspard est digne, lui, des plus somptueuses et des plus sophistiquées orfèvreries maniéristes : c'est un bateau d'or, une sorte de caravelle miniature, ses canons perçant à travers ses flancs, dont la large panse porte, au lieu des ponts et des mâts, un coquillage marin de matière rare, surmonté d'une petite sphère armillaire en or, et le pourtour orné de pierres précieuses tandis que, de son orifice, surgit le buste d'un personnage qui tient à bout de bras une autre, grosse, pierre précieuse (une émeraude ?) sertie d'or. Étrange et magnifique présent, digne d'un de ces cabinets de préciosités où princes et autres riches personnages accumulaient bijoux, œuvres d'art et bizarreries de la nature. Il tient d'ailleurs aussi du souvenir de voyage, vaguement kitsch, et son exotisme va bien à Gaspard, le roi noir venu d'Afrique, le seul Noir de toute cette foule. Mais ce souvenir de voyage vient aussi d'ailleurs : la complexité minutieuse de son montage et, surtout, cette figurine humaine sortant de la coquille lui rappellent les fantaisies de Jérôme Bosch, en particulier celles du *Jardin des délices.* Maudites classifications qui aplatissent tout.

Il se demande pourquoi il a mis tant de temps à voir ce Gaspard qui, maintenant, lui crève les yeux. C'est sans doute que la figure, calme, isolée sur la droite, se tient à l'écart de l'anecdote et de l'agitation du tableau. Mais il note que, du même coup, sa haute silhouette joue un rôle décisif dans la composition : elle fait tenir l'ensemble en équilibrant à elle seule la longue diagonale qui, de l'angle inférieur gauche, à travers le corps du vieux Mage et la Vierge à l'Enfant, atteint Joseph à la tête penchée pour se perdre dans l'angle supérieur droit ; et la grande plage de son manteau aux calmes plis répond à l'accumulation rapide de notations contrastées, accumulées de l'autre côté de Marie et Jésus. S'il ne l'a pas vu, c'est que, d'une certaine manière, ce long manteau beige sert de faire-valoir pour le reste de la composition et, en tant que tel, il ne doit pas se faire trop voir. Mais il y a aussi autre chose : s'il lui a fallu du temps pour voir Gaspard, il s'en rend compte maintenant, c'est aussi, tout simplement, parce que celui-ci est noir. C'est curieux comme on voit mal les Noirs en peinture ; souvent, leur couleur fait une sorte de « trou noir » dont la perception se perd au profit des couleurs qui l'entourent. En fait, pour faire voir un Noir en peinture, il faut le faire ressortir par un fond clair et ce n'est pas ce qu'a fait Bruegel. On voit bien le manteau et la belle chausse rouge mais on n'y fait pas tellement attention : ce ne sont pas des figures expressives. En revanche, on ne voit pas la figure de Gaspard. Trop noire. Ce qu'on voit davantage, c'est le tissu blanc, noué sur la tête pour tenir, avec élégance et simplicité, une sobre couronne.

Quand il s'approche pour regarder de plus près et mieux voir le visage noir, il est cette fois assez surpris. Finalement. Non seulement, avec Marie et l'Enfant, Gaspard est la seule figure à ne pas être traitée sur le mode comique mais, calme, attendant son tour, il est beau, les traits fins, le regard perplexe, d'une interrogative douceur. Sa dignité est d'autant plus grande, et remarquable, que, juste derrière lui, coincées contre le bord du tableau, Bruegel a placé deux trognes franchement peintes pour faire rire. Quasiment de profil (un profil d'ivrogne lippu, presque négroïde mais blanc), avec une sorte de gros turban blanc sur la tête, la première a l'œil globuleux, écarquillé, hagard ; la seconde, de trois quarts face, mal rasée, un bonnet de laine grise enfoncé sur le front jusqu'aux sourcils, sourit bêtement. L'image de la stupidité baveuse, et ce ne sont certainement pas ses gros binocles aux verres épais qui lui donnent un air plus éveillé.

Alors, que font-ils là, le beau roi noir et ses deux compagnons, imbéciles et blancs ? Manifestement, ces deux-là ne font pas partie du cortège royal de Gaspard. Ils sont là, avec leur bêtise et leur laideur bien visibles, pour faire contraste avec la beauté mal visible du roi africain. Mais alors, lui, que fait-il là et, surtout, quelle idée Bruegel a-t-il pu avoir en tête pour le mettre en scène de façon aussi paradoxale ? En quittant le musée, il ne se souvient plus que de Gaspard.

Il se renseigne. Il apprend que c'est la deuxième *Adoration des Mages* de Bruegel, signée et datée, en bas à droite, « Bruegel 1564 ». La première, conservée à Bruxelles, daterait, si elle est bien de sa main, des environs de 1555 et la troisième, à Winterthur, si, à nouveau, elle est bien de lui, daterait de 1567 — ou 1564, selon Tolnay. Ainsi, la seule *Adoration* qui soit sûrement de Bruegel et non d'un assistant ou d'un exécutant d'après un dessin du maître, serait celle de Londres. Or elle se distingue radicalement des deux autres qui, paradoxalement, ressemblent davantage à ce qu'on connaît du peintre. Ici, Bruegel a cadré les figures de façon très serrée, interdisant ce vaste développement de l'espace, en largeur et en profondeur, qu'on retrouve dans les deux autres versions du thème. Dans celle de Bruxelles, deux fois plus grande, on voit les luxueux cortèges s'agglutiner près de la grange tandis que, entre autres exotismes, un éléphant de profil est placé, en haut dans le fond, juste au-dessus de l'âne dans son étable et du roi noir, timidement agenouillé au premier plan. Dans celle de Winterthur, quatre ou cinq fois plus petite, on ne distingue pas facilement les figures : tombant à gros flocons sur la place d'un bourg flamand, la neige empêche d'y voir clair. Tout le monde est emmitouflé et l'Adoration se déroule sur la gauche, un peu en arrière ; le premier plan est occupé par un pont sur une rivière gelée où, sur la droite, des paysans s'activent tandis qu'un tout jeune enfant s'amuse à glisser sur la glace. Un Bruegel classique en quelque sorte. On retrouve « Pierre le Drôle » — ou, plutôt, comme l'a surnommé Max Dvorak en 1921, le « Shakespeare de la vie populaire ».

Dans la version de Londres, rien de tel. Le cadrage resserré concentre l'attention sur les figures principales de l'action et monumentalise leur traitement parodique. (Dans les deux autres, même celle de Bruxelles, pourtant beaucoup plus grande, les figures sont trop petites pour être efficacement peintes sur un mode comique.) La version de Londres est en outre la seule verticale des trois. Vérification faite, c'est une des très rares peintures verticales de Bruegel. C'est même, à franchement parler, la seule — avec la petite grisaille de la Résurrection, faite à la plume et au pinceau sur papier. Ce format vertical est si singulier chez lui qu'on a parfois supposé que le tableau était destiné à un autel — ce qui serait, de toute façon, une exception chez Bruegel. Pour d'autres, le choix de ce format et la disposition des figures, savamment groupées de façon à assurer à elles seules la construction de l'image, marqueraient l'impact du voyage en Italie. Et on cite alors les noms de Corrège, Michel-Ange, Raphaël, Sebastiano del Piombo, etc. Pourquoi pas ? Il note quand même que, dans ce cas, Bruegel aurait attendu bien longtemps, près d'une dizaine d'années, pour parodier l'Adoration des Mages « à l'italienne ». Apparemment réalisée peu de temps après le retour d'Italie, l'autre version de Londres, la version horizontale, est beaucoup moins « italienne ». Il note aussi que Bruegel a placé l'Enfant près du centre, bien en vue dans son lange — et il se demande si toutes ces singularités ne seraient pas liées à la date de l'œuvre, 1564, l'année de la naissance de son premier fils, Pierre le Jeune, destiné à devenir peintre à son tour.

Il sent qu'il s'égare. Il perd son fil, qui était de comprendre les raisons pour lesquelles Bruegel avait épargné au roi noir le traitement comique qu'il fait subir aux autres tout en lui donnant une importance considérable dans la composition et la structure même de son tableau. Tout ce qu'il a glané dans ses recherches, c'est justement que cette *Adoration* est la seule œuvre verticale de Bruegel, donnée qui ne manque pas de renforcer encore l'importance énigmatique du privilège accordé, ici, au roi Gaspard. Il lui fallait décidément y revenir : que faisait-il là ? Quelle idée avait bien pu avoir le peintre pour lui faire un tel honneur ?

Il continue de lire et apprend, très vite, que ce roi noir n'a, d'une certaine manière, rien d'exceptionnel. Au contraire, sa figure est un lieu commun du thème, une banalité, presque une obligation depuis plusieurs décennies. Le premier, semble-t-il, à en avoir peint un aurait été Rogier van der Weyden, vers 1460. Cela faisait déjà longtemps qu'il y avait des suivants ou des écuyers noirs dans les Adorations des Mages. Ils y jouaient le rôle normal d'esclaves. Mais il a fallu attendre 1460 pour trouver le premier roi noir. Il est surpris d'apprendre la raison de cette nouveauté. Le Noir (le nègre) ayant traditionnellement une valeur négative, diabolique, dans la peinture chrétienne, il y tenait le rôle de l'esclave ou du bourreau. Son accession au rang prestigieux de roi mage a de quoi surprendre, sinon même choquer. Cet anoblissement en 1460 ne s'explique cependant ni par un brusque changement d'attitude ni par la prise de conscience que l'épiphanie concernait en effet tous les peuples de la terre. (On le savait depuis longtemps et, pour les théologiens, la noirceur du troisième roi ne faisait aucun doute — alors même qu'on ne la rencontre jamais en peinture.) Elle s'explique par ce qu'on appellerait aujourd'hui la situation géopolitique de la chrétienté : en prenant Constantinople en 1456, les Turcs ont coupé la route vers Jérusalem par le nord et, pour espérer accéder au centre (spirituel et, alors, géographique) du monde, il faut contourner l'obstacle, passer par le sud. On voit alors se réactiver le mythe ancien de ce royaume chrétien situé en Afrique, au sud de l'Égypte, d'une richesse immense, habité par des Noirs et gouverné par un mystérieux Prêtre Jean. En 1459-1460, un imposteur parvient même, en se faisant passer pour l'ambassadeur du Prêtre Jean, à se faire recevoir par le pape Pie II, le duc de Milan et le roi de France à Bourges. Les cartes attestent son existence en peignant sa figure, sous la tente, entourée de sa cour. Cette espérance est telle qu'elle conduira, autour de 1500, aux premières explorations intérieures de l'Afrique. On finira par trouver le royaume du Prêtre Jean : en 1494, après sept années de voyage, l'envoyé du roi Jean II du Portugal entre en contact avec le royaume d'Éthiopie, chrétien et noir, et inaugure des relations militaires, diplomatiques et commerciales qui traverseront le siècle. Mais la peinture n'a pas attendu l'histoire : la présence d'un Gaspard noir démontrait, à l'avance, que l'Afrique était chrétienne, et l'on pouvait croire, dans une attente quasi messianique, que ce christianisme redécouvert, plus proche des origines, pallierait les faiblesses, les antagonismes et les échecs de la chrétienté européenne. En tout cas, l'idée du Mage noir a un succès sensationnel. Gaspard l'Africain se multiplie rapidement et il lui faut moins de dix ans pour descendre en Italie : le premier roi noir italien est celui de Mantegna, dans son *Adoration* peinte pour la chapelle privée de la marquise de Mantoue. (On aimait bien les Noirs et les bouffons à Mantoue ; avoir quelques esclaves de luxe, bien traités et bien noirs, passait pour un signe de distinction et de raffinement. Mantegna, encore lui, peint d'ailleurs une belle servante noire, rieuse, au plafond de la célébrissime Chambre des époux, et on a retrouvé des lettres impatientes de la marquise insistant pour qu'on lui trouve, à Venise, une petite fille « aussi noire qu'il se pourrait ».) Au début du XVIe siècle, en tout cas, Gaspard le Noir fait désormais presque obligatoirement partie de l'attirail luxueux des Adorations — en particulier dans les Flandres où il est, dans les années 1520, un accessoire inévitable et répétitif des peintres gothiques tardifs, malencontreusement appelés les « maniéristes d'Anvers ».

À force de regarder ces innombrables images et la diversité de leurs variations, il remarque trois éléments qui reviennent si régulièrement qu'ils lui paraissent former trois données constitutives de la présentation du Gaspard noir, quelle que soit la disposition générale du tableau (verticale, horizontale, en triptyque, etc.). D'abord, il est luxueusement habillé ; Melchior et Balthazar aussi, bien sûr, mais, chez Gaspard, le luxe de l'habit royal devient ostentatoire, cet éclat étant sans doute à la fois autorisé et renforcé par le caractère exotique de la figure, permettant les fantaisies de formes, de matières et de couleurs les plus inventives, parfois si débridées que le Mage noir prend l'allure (anachronique) d'une image de mode. Ensuite, Gaspard est le plus jeune. Depuis un certain temps déjà, les Mages correspondaient aux « trois âges de la vie » et, des rois mages étant par définition bien éduqués, civils, le plus vieux passait le premier, le plus jeune le dernier. Cette tradition diplomatique et courtoise se maintient, rendue plus manifeste par la nouvelle peau de Gaspard. Car, troisième élément faisant régulièrement retour dans la mise en scène réglée des

Mages, dans l'extrême majorité des cas, Gaspard a beau être, de plein droit, un des trois rois mages, il est à l'écart, parfois de peu, parfois beaucoup : tantôt isolé, seul, sur son volet de triptyque, tantôt séparé du groupe principal par un pilier, une colonne, un arbre, tantôt même arrivant tout juste, en courant ou encore à cheval, alors que les deux autres sont déjà là, en train de faire leurs offrandes. Il suffit que Gaspard soit plus proche de Marie pour qu'une force étrange se dégage de la scène — à tel point l'habitude de voir le roi noir à l'écart a été vite prise, comme si cette distance, par-delà celle de la lointaine et mythique Afrique, trahissait un reste de prudence par rapport à ce nouveau venu de couleur, une réluctance à l'admettre de plain-pied dans la cour des grands. Ces trois éléments (luxe vestimentaire ostentatoire, jeunesse, mise à l'écart) lui paraissent confirmer l'opinion de Richard Trexler selon lequel le troisième roi formerait le « pôle exotique » d'une représentation « duelle » de la trilogie « nominale » des Mages.

Toujours est-il qu'avec son jeune et luxueux beau roi noir à l'écart, il s'en rend compte maintenant, Bruegel n'invente rien ; il adopte même la formule la plus courante. Pourtant, le tableau ne se laisse pas réduire. S'il reprend en effet la tradition, Bruegel l'articule de façon très singulière car son Gaspard est le seul à ne pas être caricaturé. Une fois de plus, pas moyen de comprendre de l'extérieur la singularité d'une œuvre. C'est dans le tableau que se joue l'invention du peintre.

Il recommence donc à le regarder. De plus près. Et il voit un détail qu'il n'avait pas encore aperçu : le regard du roi noir. Bruegel l'a peint avec une étonnante, admirable économie de moyens. Les yeux sont grands ouverts, attentifs ; mais, noir sur noir, ils se voient à peine. Bruegel ne les indique que par trois minuscules touches claires : un infime arc de cercle blanc pour le globe de l'œil gauche et deux petites gouttes lumineuses qui, posées au plus près d'une invisible pupille, marquent l'intensité du regard porté sur ce qui se voit, sur le spectacle qui s'offre, précisément, à ce regard. Cette intensité est d'autant plus frappante qu'elle est renforcée par les deux figures les plus proches de Gaspard : la trogne de profil a bien les yeux écarquillés mais son regard est hagard et ne vise aucun point précis du tableau (la petite tache lumineuse de la pupille est d'ailleurs presque éteinte) ; quant au bigleux, son air ahuri et ses grosses lunettes indiquent suffisamment qu'il n'y voit rien (étant donné sa position, on se demande de toute façon ce qu'il pourrait bien voir). La volonté de distinguer le regard de Gaspard — de façon discrète, pas secrète — devient plus nette encore quand il le compare avec celui des deux autres rois. Le premier, encore debout, Melchior sans doute, fait de la peine : il a les yeux chassieux, la paupière droite, tombante, recouvre à moitié l'œil tandis que l'œil gauche, paupière inférieure avachie, n'a pas l'air de distinguer grand-chose et, en tout cas, aucune goutte lumineuse ne vient y suggérer la vie d'un regard. Quant à Balthazar, à son âge, il est sûrement très myope. On ne devine que son œil droit, grand ouvert, écarquillé même, sourcils haut levés, fixant intensément, de tout près, le corps de Jésus, presque à le toucher. (On comprend que le bambin ait un mouvement de recul.)

Il a alors le sentiment que ce motif du regard est au centre de l'élaboration du thème par Bruegel. Il n'y a pas de quoi s'en étonner puisque, après tout, c'est bien de cela qu'il s'agit avec l'Épiphanie : les Mages ont fait un long, très long voyage pour *voir* précisément ce nouveau-né dont ils savent qu'il va sauver l'humanité, qu'il est le Dieu incarné. Mais, justement, pourquoi les avoir peints, sauf Gaspard, aussi malvoyants ? Et, d'ailleurs, que regarde-t-il, Balthazar ? Que cherche-t-il à voir, là, d'aussi près ?

Étant donné la position respective des figures,

ce ne peut être que le sexe du petit Jésus. La vieille tête chenue de Balthazar est exactement face aux cuisses ouvertes de l'Enfant, à la hauteur et dans l'axe de son sexe. Il se rappelle alors le livre pas trop ancien de Leo Steinberg sur *La Sexualité du Christ*. Il vérifie. En effet, pages 89-90, Steinberg fait de cette *Adoration* de Bruegel un de ses exemples et, pour lui, il n'y a aucun doute : le vieux roi fixe le sexe de Jésus. (On peut même imaginer que Marie ne retient la main droite de son fils que pour l'empêcher de cacher son sexe, pour mieux faire voir ce sexe au vieux roi, Marie qui, de sa main droite, dirait quelque chose comme : « Vous voyez bien ! ») L'idée peut paraître, aujourd'hui, absurde, l'élucubration d'un obsédé. Mais la démonstration savante de Steinberg ne laisse aucune place au doute. Textes et images à l'appui, il démontre comment il existait à la Renaissance presque un culte des parties génitales du Christ, comment l'*ostentatio genitalia* était au centre de nombreuses peintures — et comment, seules, l'évolution des pratiques religieuses et, aussi, la pruderie du XIXe siècle ont fini par nous aveugler sur ce point (quand on ne retouchait pas les tableaux ou les fresques pour effacer le membre devenu choquant). Dans certains cas, il entrait peut-être de la superstition dans cette dévotion au sexe de Jésus (demande de fertilité masculine, de protection, etc.). Mais elle avait pour elle l'appui des théologiens. Quand Dieu s'est incarné, répètent-ils, il l'a fait dans un corps « pourvu de tous ses membres », « entier dans toutes les parties qui constituent un homme », c'est-à-dire aussi, bien sûr, le sexe. La circoncision prend dans ce contexte une importance considérable : c'est la première fois que le Dieu incarné verse, pour l'humanité, son « très précieux sang » et c'est par elle, comme le déclare un prédicateur devant le pape Sixte IV, qu'« il se révéla authentiquement incarné ». Steinberg a beau jeu dès lors de montrer comment, en fêtant la Circoncision le 1er janvier, l'Église célèbre le jour « qui nous ouvre le chemin du Paradis tout comme il nous ouvre à l'année ». Rien d'étonnant donc à ce que le vieux Mage s'assure par le sexe que l'« humanation » de Dieu (comme dit Steinberg) est bien advenue. Les images sont d'ailleurs incontestables, en particulier celles de Ghirlandaio, où la Vierge écarte les cuisses du bambin qui soulève de lui-même son léger voile devant le regard inquisiteur de Balthazar, ou celle de Botticelli — où le roi, plus qu'agenouillé, se jette à quatre pattes pour voir « ça » de plus près.

Steinberg a raison : c'est bien ce que fait aussi

le Balthazar de Bruegel. Mais, justement, que voit-il au juste, ce Balthazar ? Et il ne s'agit pas seulement de sa myopie ou de sa cataracte. S'il se pose la question, c'est que nous, les spectateurs du tableau, nous n'en savons rien ; nous n'y voyons rien ; pour nous, il n'y a rien à voir. Le sexe de Jésus, enjeu central de cette Adoration, a été délibérément dérobé à notre regard. Il ne l'est pas par un voile ou un pan du tissu qui présente le corps en l'enveloppant. Plus subtilement, Bruegel l'a dissimulé à notre vue par le mouvement même du corps de Jésus qui fait que sa cuisse et son genou gauches interposent un écran entre nous et le sacré membricule. Steinberg pense qu'il pourrait s'agir d'un repeint postérieur, témoignage de cette censure iconoclaste dont les ravages sont par ailleurs connus. Rien n'est moins sûr car, à dire le vrai, on ne voit pas davantage le sexe de Jésus chez Ghirlandaio ou Botticelli. Certes, ce n'est pas toujours le cas : on le voit mieux chez Pontormo, bien mieux chez Mantegna, parfaitement bien chez Marco Pino, pour ne citer que des exemples invoqués par Steinberg. Mais on dirait que certains peintres réservent cette vision-révélation au vieux Mage ; ils font de la proximité du vieux visage et du tout jeune corps une zone d'intimité, silencieuse, suspendue dans la contemplation du mystère, dont le calme et l'intensité sont renforcés par l'agitation qui l'entoure.

Il est au bord de penser qu'il se passe la même chose chez Bruegel. À première vue, c'est plausible. Cette vision réservée à Balthazar est présentée dans le moment où, juste avant de devenir universelle, elle a encore l'allure d'un secret — située comme elle l'est au milieu de la grande oblique qui s'achève avec la tête de saint Joseph, penchée vers le garçon qui lui glisse, lui aussi, un secret à l'oreille. Il en arrive à penser que ce mystérieux secret dont Joseph est, dans cet instant, le dépositaire ne sert qu'à nous donner à voir qu'il y a, dans le tableau, un autre mystère que nous ne voyons pas, celui précisément de l'humanation divine, alors même qu'il est présenté là, devant nous, au beau milieu du tableau. L'hypothèse le séduit ; elle doit contenir une part de vérité. Mais elle le laisse insatisfait car, à la formuler de la sorte, il oublie ce qu'il a observé auparavant : l'ironie de Bruegel qui fait de ses deux vieux rois des mages qui n'y voient plus grand-chose. C'est dans ce contexte (qui n'est nullement celui des œuvres de Ghirlandaio ou Botticelli) que l'invisibilité, pour nous, du sexe de Jésus prend un sens spécifique, celui que le peintre a voulu lui donner — et c'est dans ce contexte aussi que doit s'expliquer le statut singulier accordé à Gaspard le noir, isolé, beau, l'œil vif, le regard lumineux.

Or, à mieux regarder, justement, il constate que Gaspard non plus n'y voit rien — ou, plutôt, qu'il ne voit pas ce que tentent avidement de distinguer les yeux usés de Balthazar. Tel qu'il est placé, sur le côté, il est, des trois Mages, le plus éloigné du point central de la révélation ; apparemment, la cuisse de l'Enfant cache, pour lui comme pour nous, l'entrejambe divin et, surtout, son regard ne va manifestement pas dans cette direction : il s'en détourne et semble plutôt se porter vers Balthazar. D'une certaine manière, Gaspard lui apparaît alors comme notre relais dans le tableau, le relais de notre regard sur le tableau : pivoté de 90° par rapport à nous, le regard presque parallèle au plan du tableau, il joue, bien mieux que ses deux sordides et aveugles compagnons, le rôle que les peintres classiques assignaient à ces personnages que Louis Marin a joliment appelés des « figures de bord » — dont la fonction n'était pas de montrer ce qu'il fallait voir mais de suggérer comment regarder ce qui était donné à voir. Cette fonction, capitale, lui paraît expliquer de la façon la plus satisfaisante l'importance du rôle que lui fait jouer Bruegel, à la marge de la composition : exploitant la disposition devenue courante du thème, il fait en sorte que la haute silhouette de Gaspard équilibre, à elle seule, l'ensemble de la composition en opposant son contrepoids tranquille, dans une zone de calme, à la pression agitée qu'exerce, de l'autre côté, la masse des figures accumulées. Ce rôle n'est pas seulement formel, il est tout autant spirituel. Car, dans cette histoire, l'Adoration des Mages, une affaire de vue, de vision et de mise en visibilité de l'incarnation sexuée du Verbe, le roi noir est le seul, avec nous, à avoir de bons yeux et, pourtant, à ne pas voir ce qui est supposé devoir être la preuve que l'humanation de Dieu, mystère fondateur de la foi chrétienne, a été accomplie.

Voir dans le regard de Gaspard le relais du nôtre dans le tableau ne lui paraît pas sans conséquence. Ce que ce rapprochement suggère subrepticement, ce n'est pas que nous ne devrions pas croire que l'Incarnation s'est faite dans un « corps entier dans toutes les parties qui constituent un homme ». C'est plutôt qu'il n'y a pas besoin de voir cette partie-là *de visu*, de la « toucher des yeux », pour croire à la réalité de l'Incarnation. Beau paradoxe : la peinture est là pour montrer que la foi n'a pas besoin de preuves, visuelles ou tangibles. Mais le paradoxe est dans la droite ligne de l'Évangile. Comme l'a dit le Christ à Thomas qui, pour croire, avait eu besoin de s'approcher pour voir et toucher la plaie : « Parce que tu m'as vu, tu as cru ; bienheureux ceux qui, sans avoir vu, ont cru. » Bienheureux Gaspard donc qui, malgré ses bons yeux, n'a pas besoin de voir pour croire, et semble plutôt s'interroger sur le bon sens du vieux Balthazar, qui s'est jeté à genoux pour mieux reluquer le sexe de l'Enfant. Bienheureux nous-mêmes, si nous n'avons pas besoin de preuves tangibles pour croire aux mystères de la foi.

Il aimerait tout de même en savoir davantage sur les sentiments religieux du peintre mais, il faut bien le dire, les avis des spécialistes sont plutôt partagés. On sait par exemple qu'à Anvers, à la fin des années 1550, Bruegel fréquente un milieu d'intellectuels cultivés dont l'imprimeur Plantin et le géographe Ortelius étaient réputés « libertins », c'est-à-dire tolérants en matière de religion — et, en 1562, Plantin s'exile à Paris pour éviter les conséquences de son libertinage, dangereuses quand les Pays-Bas sont en pleine guerre religieuse. Bruegel était même peut-être en relation avec la secte de Nicolaes, la *schola caritatis* où l'on se consacrait en particulier à la réflexion sur la Bible. Mais c'est un fait aussi que le rigide cardinal Granvelle, qui gouverne les Pays-Bas depuis Bruxelles, collectionne les œuvres de Bruegel et que, en 1563, celui-ci quitte Anvers pour Bruxelles. Cela ne veut pas dire pour autant que ses peintures sont très « catholiques » et, d'ailleurs, le grand Charles de Tolnay n'a pas hésité à affirmer que Bruegel avait entretenu des relations personnelles avec le graveur Coornhert, représentant notoire d'un humanisme théiste qui, par-delà les croyances individuelles ou partisanes, cherche et prône une vérité commune pour tous, universelle. Affirmer le « libertinisme » de Bruegel est aller un peu vite en besogne (il est plus vraisemblablement « érasmien ») mais le fait même que l'hypothèse ne soit pas absurde montre à nouveau que ce n'est pas à l'aide de documents extérieurs qu'on pourra établir la pensée de ces tableaux dont son ami Ortelius disait — on lui laissera la responsabilité de ce jugement — qu'ils contenaient « toujours plus de pensée que de peinture ».

Il revient donc, encore, au tableau. D'un peu plus loin, cette fois. Car, en le regardant de près, s'il a perçu l'ironie dont les deux vieux rois font les frais, il a négligé aussi une double donnée, seulement entr'aperçue : l'« italianisme » du tableau (surtout comparé aux deux autres versions du thème) et le fait que cet écho exceptionnel du voyage en Italie se fasse entendre près de dix ans après le retour du peintre. À cela s'ajoute le paradoxe consistant à tourner en dérision, Gaspard mis à part, les modèles mêmes dont il s'inspire. Une nouvelle hypothèse lui vient alors à l'esprit. Si Bruegel se rappelle l'Italie en 1564 — et de quelle façon ! —, c'est que l'actualité l'y encourage. Alors même qu'en 1566, la critique protestante des images va mener, appuyée par des raisons économiques et sociales, à une grande campagne iconoclaste aux Pays-Bas, le concile de Trente vient de se conclure, en 1563, en réaffirmant avec force la légitimité du culte rendu aux images et aux reliques. Dans la reprise polémique de cette position traditionnelle, le plus frappant, c'est précisément l'association dans un même mouvement de pensée des images et des reliques. Les cardinaux de la Contre-Réforme ne pouvaient pas marquer plus nettement leur rejet des thèses protestantes, en particulier calvinistes — puisque Calvin (qui meurt en 1564, l'année du tableau) avait publié en 1543 son « Advertissement très utile », où il proposait de dresser l'inventaire de toutes les reliques accumulées et dispersées à travers la chrétienté. Le résultat aurait été catastrophique ou, plutôt, édifiant puisqu'on aurait dénombré, entre autres, quelque quatorze clous de la croix. D'une ironie féroce à l'égard des superstitions encouragées par les pratiques « romaines », le texte de Calvin commence par épingler le divin prépuce, dont on aurait au moins deux exemplaires — celui de l'abbaye de Charroux (en France) et celui de Saint-Jean-de-Latran à Rome. Or, comme le souligne Calvin, « il est certain que jamais il n'y en a eu qu'un » (de prépuce) et, donc, « voilà une fausseté toute manifeste ». Dès le XIIIe siècle d'ailleurs, le dominicain Jacques de Voragine s'était montré un peu sceptique quant à l'authenticité du saint prépuce (« Si tout cela est vrai, il faut avouer que c'est bien admirable »). Pourtant, un an avant que Bruegel peigne son *Adoration des Mages* — où le sexe de Jésus joue le rôle central qu'on (n') a (pas) vu —, le concile de Trente réaffirme de façon péremptoire le bien-fondé du culte rendu aux reliques et aux images. Ce rappel donne envie de rapporter à l'actualité de cette polémique religieuse et l'italianisme (tardif) du tableau et la parodie de cet italianisme, associée au thème de la (non) visibilité du sexe divin. Encore une fois, bienheureux ceux qui n'ont pas vu et qui croient, ceux qui n'ont pas besoin de reliques pour croire. Le parti de Bruegel serait d'autant plus fort si son *Adoration* était un tableau d'autel, la seule de ses peintures proposée au culte des fidèles.

Une question demeure cependant : pourquoi

est-ce au roi noir que Bruegel aurait confié le rôle d'être, dans le tableau, le relais de notre regard sur le tableau ? Une première réponse lui vient à l'esprit : Bruegel exploite, sans autre réflexion, la position traditionnelle du roi noir, isolé, un peu à l'écart, au bord de la représentation, etc. La réponse est facile, elle est même juste et, pourquoi pas ? vraisemblable. Mais elle lui semble un peu plate et, surtout, elle banalise l'invention du peintre — ce qui n'est jamais une bonne solution quand on a affaire à des créateurs de la trempe (artistique et intellectuelle) de Bruegel. Il doit y avoir davantage.

L'importance du rôle dévolu au Noir s'accorde par exemple avec l'idée bien établie chez les théologiens que l'épiphanie a constitué une révélation universelle, adressée à « tous les peuples de la terre ». Dans ce contexte, les trois Mages représentent les descendants des trois fils de Noé qui ont peuplé toute la terre et, très logiquement, le roi noir est le descendant de Cham, le mauvais fils : quand Noé, ivre, s'était endormi à moitié nu, c'était lui qui avait voulu faire voir à ses frères (Sem et Japhet) le sexe du père pour le tourner en dérision et, à son réveil, Noé l'avait condamné à être l'esclave de ses frères. L'idée lui plaît : Bruegel aurait fait de Gaspard, lointain descendant de celui qui a ri du sexe du père de tous les hommes, le roi qui ne cherche pas à voir le sexe du Fils... L'hypothèse n'est pas absurde mais ce serait quand même aller trop vite car il apprend aussi que, si la noirceur de la peau apparaît comme une des conséquences de la malédiction de Cham, elle n'est pas sûrement établie au XVIe siècle. (De façon très frappante, alors même que le troisième mage est devenu noir, Cham, lui, reste blanc dans la plupart de ses représentations.) Il lui faut donc chercher ailleurs. Il est tenté, à nouveau, d'aller voir du côté du Prêtre Jean et du prestige propre au royaume chrétien d'Afrique. Pourtant, même si l'on songe toujours à passer par l'Afrique pour atteindre Jérusalem, le Prêtre Jean a perdu son aura mythique — dans la mesure peut-être où les relations sont devenues étroites et régulières avec l'Éthiopie et le Congo et où, désormais, l'or et les sauvages d'Amérique intéressent davantage. Il lui faut se rendre à ce qui a tout l'air d'un fait historique irréfutable : la figure du roi noir est désormais, depuis trop longtemps, trop courante pour signifier un lieu géographique particulier. Devenue banale, elle n'a plus de signification particulière ; elle se contente d'évoquer, à moindres frais, l'universalité de la révélation chrétienne.

Pourtant, il l'observe aussitôt, c'est précisément

ce qui ne se passe pas chez Bruegel. Loin de là puisque tout concourt, dans ce tableau, à donner un statut singulier au roi noir. En fait, Bruegel a l'air de vouloir réactiver la valeur ancienne de la figure, de réactualiser, en d'autres termes, le prestige qui était le sien plus d'un demi-siècle plus tôt. Sous la référence italienne, il retrouve chez Bruegel quelque chose de l'esprit de Jérôme Bosch. Et il ne s'agit pas d'un rapprochement vague. Vers 1500, dans son *Adoration* conservée aujourd'hui au Prado mais qui se trouvait toujours, jusqu'en 1568, dans les environs de Bruxelles, Bosch avait déjà donné à son mage noir une prestance exceptionnelle. À l'écart sur la gauche, seul des trois rois à être encore debout (dans un vêtement dont Bruegel reprend la couleur), le visage à la hauteur de celui de Marie et des saints latéraux, le mage noir avait alors une dignité rare, très éloignée de l'exotisme élégant qui va peu à peu caractériser sa représentation. Par la couleur de sa peau, le roi noir manifestait avec éclat l'universalité spirituelle de la révélation chrétienne. Certes, la première *Adoration* de Bruegel, celle de Bruxelles, par la présentation de la grange et par la vastitude de son paysage vu d'un point de vue élevé, évoque davantage celle de Bosch que la version « italienne » de Londres. Mais, si, dans cette dernière, la référence à Bosch est plus discrète, elle lui semble aussi plus personnelle, intime presque. Bruegel ne se contente pas en effet d'y reprendre la couleur de l'habit ; il indique explicitement son hommage en confiant à son roi noir un cadeau qui constitue une citation luxueuse des inventions de Bosch, un cadeau encore plus « à la manière de Bosch » qu'il ne l'était chez Bosch lui-même et, détail sans doute significatif, il signe son tableau sous la majestueuse silhouette, comme l'avait fait Bosch plus d'un demi-siècle plus tôt. Ainsi, par-delà l'évolution de la peinture flamande et sous couvert d'une composition à l'italienne, Bruegel fait retour à une source d'inspiration où le Noir, le regard du Noir était porteur de la plus haute spiritualité et attestait la vocation universelle de la foi chrétienne, c'est-à-dire aussi, dans les termes de l'époque, l'universalité de l'humanité des hommes. Comme le souligne Jean Devisse (à moins que ce ne soit Michel Mollat), *L'Adoration* de Bosch « témoigne, face aux milliers d'autres où s'inscrit la méconnaissance progressive de l'Afrique, qu'une autre voie était ouverte, une chance peut-être que l'Occident n'a pas su saisir ». C'était avant. Avant le reste. Avant surtout que le développement de l'esclavage et de la traite des Noirs n'encourage le développement de l'idéologie et du discours racistes qui en justifiaient la pratique. En 1564, c'est à cette conception universaliste que revient Bruegel. Ce n'est pas un hasard si, en 1562-1563, dans son terrifiant *Triomphe de la mort*, il a placé un Noir parmi les Blancs dans le filet que deux squelettes entraînent — et si, de toutes les figures du tableau, c'est ce Noir qui est le seul, tel l'admoniteur albertien, à nous regarder, à nous appeler avec désespoir. Dans son *Adoration* de Londres, le traitement carnavalesque des autres figures montre à la fois que l'optimisme du début du siècle n'a plus lieu d'être et que, dans l'effondrement des attentes et des certitudes, l'humanité du Noir est, pour Bruegel, restée à l'écart des pratiques matérielles perverties de l'Europe et du catholicisme romain.

Cette interprétation le satisfait en particulier parce qu'elle lui permet de donner sa place à une dernière figure dont il ne savait quoi faire jusque-là et qui lui semble maintenant attester l'investissement personnel dont l'œuvre a été le lieu. Située à l'extrême gauche du tableau, c'est une autre « figure de bord » qui répond, discrètement, à celle du majestueux roi noir. Seul civil placé entre les deux vieux rois et la soldatesque, tout vêtu de noir, c'est un homme d'âge mûr dont on ne voit que le visage barbu, légèrement incliné sur son épaule droite. Son regard ne se porte pas vers le groupe de la Vierge à l'Enfant ; il ne cherche pas non plus à voir ce qui inquiète le vieux Balthazar ; il regarde plutôt parallèlement au plan du tableau, de l'autre côté, vers Gaspard le Noir. Or, même si ce trait n'a pas été relevé par les spécialistes (indice de la discrétion de Bruegel ?), ce visage ressemble étrangement à ceux où l'on veut parfois reconnaître des autoportraits du peintre — en particulier celui du dernier convive, assis tout au bout de la table, à droite, du *Repas de noces*.

Bien sûr, il ne se laisse pas prendre au piège des ressemblances. Il sait bien qu'on ne saura jamais à quoi pouvait ressembler, vraiment, le portrait de Bruegel. Mais un fait est sûr : avec ceux du roi noir, de la Vierge et de l'Enfant, ce visage barbu est épargné par le traitement comique qui atteint tous les autres. Peu importe dès lors qu'il s'agisse ou non d'un autoportrait, au sens strict du terme. Cette figure est comme celles que Mantegna glissait, déjà, au bord de ses œuvres : une sorte de signature figurée. C'est une figure du peintre dans son œuvre, témoin de son œuvre. Son regard nous renvoie à celui de Gaspard, un peu étonné, vaguement éberlué devant le comportement de son vieux collègue blanc. Comme s'il fallait, après saint Thomas, voir pour croire, croire seulement à ce qu'on voit. Haute idée de la peinture.

La toison de Madeleine

1

2

1 Tintoret, *Mars et Vénus surpris par Vulcain*, vers 1550. Alte Pinakothek, Munich.

2 Tintoret, dessin préparatoire pour *Mars et Vénus surpris par Vulcain*, vers 1550, craie, plume et lavis. Staatliche Museen zu Berlin-Preussischer Kulturbesitz, Berlin.

3

4

5

3, 4 Francesco del Cossa, *L'Annonciation* (ensemble et détail), vers 1470-1472. Gemäldegalerie, Dresde.

5 Carlo Crivelli, *La Vierge et l'Enfant*, vers 1480. Metropolitan Museum of Art, New York.

6

6, 7, 8 Brueghel l'Ancien, *L'Adoration des Mages* (ensemble et détails), 1564. National Gallery, Londres.

7

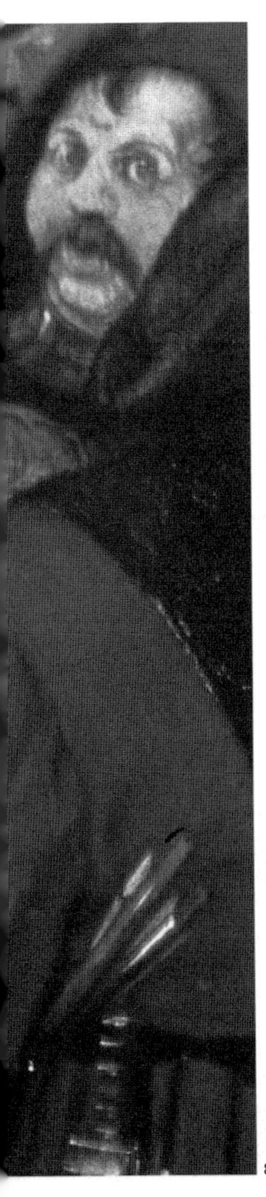

8

9

9 Brueghel l'Ancien, *La Noce villageoise* (détail), vers 1566. Kunsthistorisches Museum, Vienne.

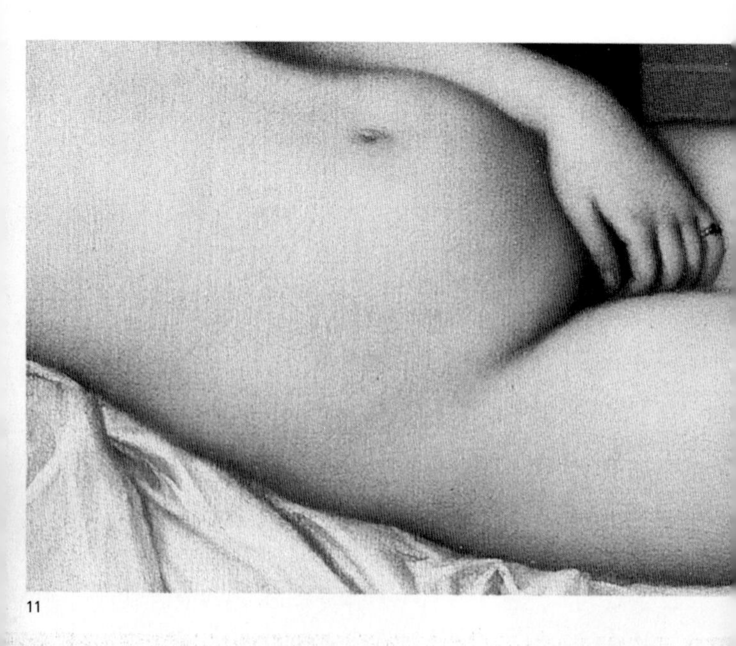

11

10, 11, 14 Titien, *La Vénus d'Urbin* (ensemble et détails), 1538. Galerie des Offices, Florence.
12 Manet, *Olympia*. Musée d'Orsay, Paris.

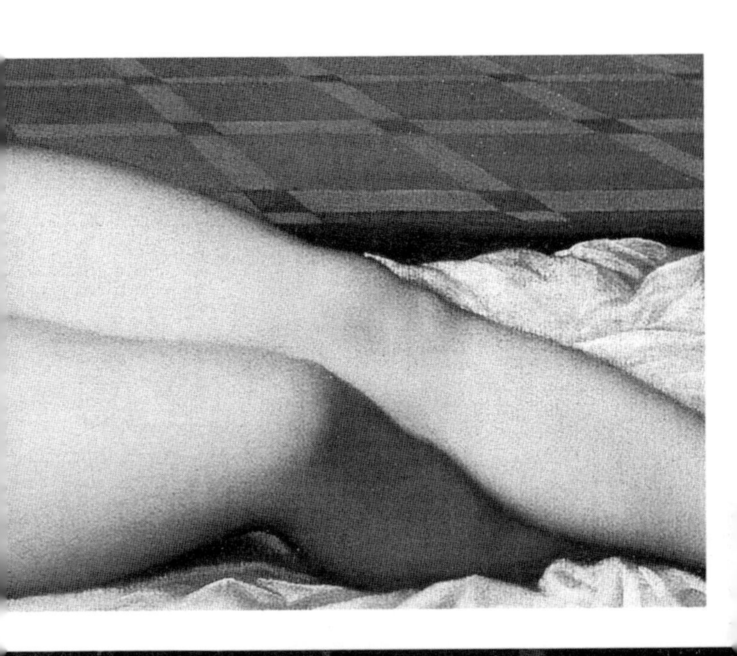

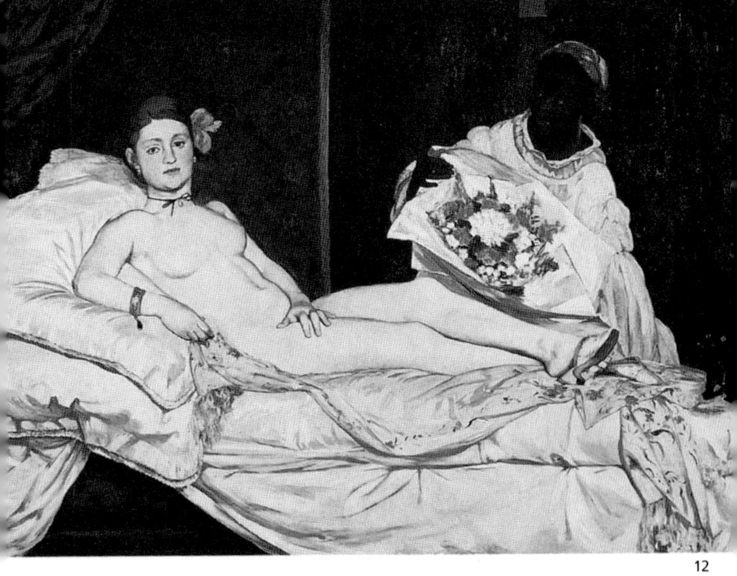

13

13 Giorgione, *La Vénus endormie*, 1508-1510. Gemäldegalerie, Dresde.

15

16

17

15, 16, 18 Velázquez, *Les Ménines* (ensemble et détails), 1656. Musée du Prado, Madrid.
17 J.B.M. del Mazo, *La famille de l'artiste*, vers 1664-1665. Kunsthistorisches Museum, Vienne.

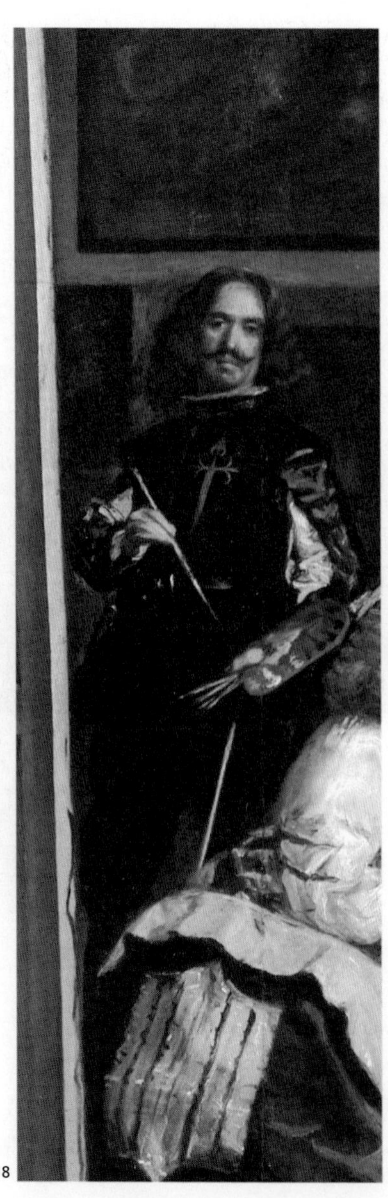

18

Crédits photographiques

1 : AKG Paris.
2 : Jörg P. Anders.
3, 4, 6, 7, 8, 15, 16, 18 : Bridgeman-Giraudon.
5 : D.R.
9, 13, 17 : Erich Lessing/AKG Paris.
10, 11, 14 : Rabatti-Domingie/AKG Paris.
12 : RMN-Hervé Lewandowski.

Dire que Madeleine était une fausse blonde, franchement, ça ne résoudrait rien. D'accord, l'hypothèse ne manque pas d'intérêt : la différence entre une vraie blonde et une fausse, c'est une bonne question. Qu'est-ce que ça veut dire, d'abord, une fausse blonde ? La couleur des poils serait plus honnête que celle des cheveux ? Je sais bien qu'on se teint les cheveux mais franchement, quand même ! rien n'interdit de se décolorer aussi la toison, ou de se la colorer en bleu, en rose ou en vert, je ne sais pas, moi, comme on voudra. Il y en a qui le font j'en suis sûr. Et il y en a d'autres, des vraies blondes elles, qui ont la toison brune ou même noire, et qui la gardent comme Dieu la leur a donnée. Je me suis d'ailleurs toujours demandé pourquoi les poils étaient souvent moins blonds que les cheveux. Il faudra que je m'adresse à un spécialiste. Mais qui ? Je suis sûr qu'on n'a jamais étudié sérieusement la question. C'est incroyable : penser à tout ce qu'on sait de complètement inutile pourquoi le ciel est bleu par exemple et on ne sait même pas pourquoi les poils des blondes sont souvent noirs ! Remarquez, on ne sait pas non plus vraiment la différence entre les poils et les cheveux. D'accord, les premiers poussent sur tout le corps, alors que les cheveux, c'est sur la tête. Mais, à part ça, rien. On ne sait même pas d'où viennent les deux mots latins, vous vous rendez compte ! *Pilus* et *capillus*, ça se ressemble pourtant, plus que poil et cheveu ; ça ne fait rien, ce n'est pas la même chose. Il y a un spécialiste qui a pensé que *capillus* ça venait de *capo-pilus*, autrement dit le poil sur la tête, sur le caillou. Ce n'était pas bête. Pourtant, ça n'a pas convaincu. Il paraît que c'est ingénieux mais arbitraire, que *capillus* fait penser à *caput*, la tête, sans qu'on puisse expliquer précisément, je dis bien précisément, « ni la forme ni le sens ». C'est Ernout et Meillet qui le disent. Des membres de l'Institut. Alors, vous pensez ! Pire encore, ils disent que même les langues indo-européennes n'ont pas de terme commun pour désigner le cheveu. Il change de nom d'une langue à l'autre. Et c'est la même chose pour le poil, *pilus*. Autant dire qu'on ne sait absolument rien sur pourquoi on a appelé ça comme ça. Finalement, les Anglais ont raison. Ils sont pragmatiques. Ils n'hésitent pas. Un seul mot : *hair*. Comme ça, pas de problème, pas de questions inutiles : le cheveu et le poil, pour une Anglaise, c'est pareil. D'ailleurs, il paraît qu'elles sont toutes rousses. Sûrement des vraies rousses. En Angleterre, les fausses rousses, à mon avis, ça n'existe pas.

Donc, ça ne sert à rien de dire que Madeleine était une fausse blonde. De toute façon, ce sont ses cheveux qui comptent. Personne n'a jamais vu sa toison et personne ne la verra jamais. Pas même Lui. Et, justement, c'est toute la question. Ils vont encore dire que je suis fou mais moi je suis sûr que si elle a les cheveux aussi longs c'est pour détourner l'attention. Si elle les montre, si elle les étale, les dénoue, les exhibe, c'est pour mieux cacher ses poils. Pour les faire oublier. Je sais bien que, des chevelues, il y en a d'autres. Prenez Agnès, par exemple, et ses cheveux qui ont poussé d'un seul coup d'un seul quand on l'a obligée à sortir toute nue au milieu du cirque et qu'on n'y a rien vu du tout parce que, clac, tignasse jusqu'aux pieds, derrière, devant et sur les côtés. Mais, d'abord, Agnès, on ne la voit pratiquement jamais en cheveux. En général, elle a son agneau, c'est lui qui a la toison, une belle toison bien blanche et bien bouclée. Madeleine, elle, c'est à ses cheveux qu'on la reconnaît. D'accord, il y a aussi

Marie qui a beaucoup de cheveux. Pas l'Autre, la Grande, l'Immaculée. Non. Je parle de Marie l'Égyptienne. Mais, justement, celle-là, c'est un clone ; elle aussi, une pute convertie qui renonce à baiser et, pour être plus sûre, s'en va dans le désert. À croire que la première ne leur suffisait pas ! De toute façon, l'Égyptienne, elle est toujours vieille. Enfin, presque toujours. Et elle ne risque pas de vous séduire, sale avec ses trois quignons de pain. Et puis il paraît que c'était une petite noiraude. Madeleine, c'est différent. Sauf quand elle est devenue vieille et sale comme l'Égyptienne, quand elle est partie à son tour dans le désert, Madeleine, elle est belle ; beaux seins, beaux bras, belles cuisses, et ses cheveux, toujours propres, brillants, voluptueux.

Bien sûr, eux, ils ont résolu la question. Pourquoi se casser la tête ? Elle a des cheveux, un vase de pommade parfumée, des bijoux qu'elle passe son temps à enlever, quelquefois un miroir ou une tête de mort, ou les deux à la fois. Bref, ce sont ses attributs. Mais, moi, comme dit l'autre, j'ai des doutes. Parce que, franchement, ces cheveux, ce n'est pas un attribut comme un autre. Ou alors, il faudrait dire qu'ils sont ses attributs. Vous voyez ce que je veux dire ? Ses attributs ; comme les hommes ont les leurs, virils. Ses cheveux, ce seraient ses attributs féminins. Vous avez remarqué qu'il n'y avait pas d'équivalent à viril pour les femmes ? Féminin, c'est comme masculin ; et femelle, c'est comme mâle. Mais, pour viril, rien. Vous ne me direz pas que c'est par hasard ! Je n'insiste pas mais je n'en pense pas moins. C'est pour ça que j'ai dit que c'étaient ses attributs féminins. Mais, du coup, ils sont un peu particuliers comme attributs parce que, en général, aux femmes, leurs attributs féminins, quand on les voit, c'est qu'elles ne les ont plus. Vous ne voyez pas ce que je veux dire ? C'est pourtant simple : les seins d'Agathe, les yeux de Lucie et même les dents d'Apollonie. On les leur a arrachés pour leur apprendre à vivre — et, merci mon Dieu, grâce à ça, elles ont eu la vie éternelle. Bingo. Mais les cheveux de Madeleine, personne ne les lui coupe. (Ça, c'est Samson, et c'est Dalila qui les lui coupe. Aucun rapport.) Du coup, comme je disais, ses cheveux ne sont pas un attribut comme les autres. En fait, ses cheveux sont son attribut féminin ; ils sont son image de femme, la manifestation de son corps femelle, tellement exubérante qu'elle nous empêche de rien voir. La femme, ce corps qu'on ne saurait voir, disait Tartufe. D'accord ? Là, je crois que tout le monde est d'accord.

Bon. Alors, ce qu'il faudrait savoir maintenant, c'est pourquoi ce sont justement ses cheveux qui sont devenus son attribut de femelle. Vous trouvez que je les coupe en quatre, ses cheveux ? Je ne pense pas, parce que je vais vous dire, moi, ce que j'en pense. Ses cheveux, c'est à cause d'eux qu'elle existe, Madeleine. À cause d'eux, pour eux, grâce à eux, rien d'autre. Un point, c'est tout. Sans ses cheveux, Madeleine n'existerait pas. C'est pour ça qu'on ne peut pas les lui arracher ou les lui couper, comme on l'a fait avec les seins d'Agathe. La preuve, d'ailleurs, c'est que Madeleine n'a jamais existé. Tout le monde le sait mais on fait comme si de rien n'était. Eh bien, moi, je ne suis pas d'accord et, même, je dis, moi, que c'est capital. Sans jeu de mots. Madeleine n'existe pas, elle n'a jamais existé. D'accord, on lui a inventé toute une famille, je sais bien, papa, maman, frère et sœur. À ce propos, le meilleur, c'est sans doute frère Jacques. Un vrai dominicain. Il ne lésine pas sur les moyens : royale, carrément, la famille qu'il donne à Madeleine. À eux deux, papa et maman, Syrus et Eucharie, possédaient une bonne partie de Jérusalem, tout Béthanie et le château de Magdalon. Leurs trois enfants n'avaient plus qu'à se partager le gâteau : Jérusalem, c'est pour le fils, Lazare ; Béthanie pour Marthe ; Magdalon pour

Marie. Du coup, la Marie, on l'appelle Madeleine et, comme elle est belle et riche, elle passe son temps à coucher à droite et à gauche. Mais, quand elle voit Jésus (à propos, pourquoi est-elle venue le voir ? Il n'en dit rien, frère Jacques), miracle ! Elle a honte. Elle pleure, elle renonce à tous ses plaisirs en lui lavant les pieds, et elle te les essuie avec ses beaux cheveux, et elle te les parfume, et puis elle n'arrête plus de pleurer. Simple comme bonjour. Mais elle a beau être toute dorée, cette histoire, personne n'y croit. Frère Jacques a tout mélangé mais il n'a rien inventé, il a repris ça à droite et à gauche et il en a fait une belle synthèse. Il savait très bien ce qu'il faisait, le dominicain ; d'autres fois, il n'hésite pas à dire qu'il raconte des fariboles et que, lui aussi, il a des doutes. Regardez ce qu'il écrit sur la Sainte Croix et l'impératrice Hélène. Mais, là, pas question. L'affaire de Madeleine, c'est trop important pour laisser la place au doute. Alors Jacques en remet une couche. Pour être plus sûr. En ce qui concerne Marthe et Lazare, d'accord : on les connaît bien, ils sont frère et sœur et ils vivent à Béthanie. D'accord aussi sur le fait qu'ils avaient une sœur, Marie, que Jésus aimait bien. Et pour cause ! Elle passait son temps à l'écouter assise à ses pieds pendant que Marthe trimait à la cuisine — et

Jésus disait que Marie avait choisi la meilleure part ! Marie, elle les aimait bien les pieds de Jésus et elle savait y faire, elle savait les prendre : elle les lui a lavés, séchés, parfumés, ses pieds, à Béthanie juste avant qu'il entre à Jérusalem pour y passer sa dernière semaine. Il faut dire que, quelques jours plus tôt, il avait ressuscité Lazare ; il méritait bien un bain de pieds. Donc, d'accord, pour Lazare, Marthe et Marie, la petite famille. Mais ça n'a rien à voir avec Madeleine. Personne n'en parle dans toutes ces histoires. Le seul qui en dise deux mots, c'est Luc quand il parle des femmes qui accompagnaient Jésus en Galilée : avec Suzanne, Jeanne et quelques autres, il y avait encore une Marie dont il avait chassé sept démons. Pas un de moins. On la surnommait Madeleine parce qu'il l'avait ramassée à Magdala, sur le lac de Tibériade. La voilà, Madeleine, la seule, la vraie. Mais, vous avez remarqué, rien sur ses cheveux, rien sur ses parfums, rien sur les pieds de Jésus. Rien du tout. Juste une hystérique exorcisée par le Maître. Un point c'est tout. Vous me direz, d'accord, mais comment ça se fait qu'on ait tout mélangé ? Vous vous moquez de moi ? Tout le monde le sait ! C'est le secret de Polichinelle ! Vous insistez ? Bon, je vais quand même vous le dire. Juste avant de parler de la Madeleine aux sept démons,

Luc avait raconté, et il est le seul à l'avoir fait, qu'à Naïn, quand Jésus déjeunait chez Simon, une putain de la ville était venue lui laver les pieds ; elle avait beaucoup pleuré pour ça et, avant de les lui parfumer et de les baiser pendant une heure, elle les avait essuyés avec ses cheveux. Ils devaient être bien longs et bien drus. Du coup, Jésus lui a pardonné ses péchés et lui a dit de partir tranquille, elle était sauvée parce qu'elle avait beaucoup aimé. Les autres, les apôtres, n'ont rien compris. Alors, pour être clair, il leur a fait une parabole. Honnêtement, pour une belle histoire, c'est une belle histoire. Trop belle pour qu'on la laisse tomber. Alors, ni vu ni connu : on mélange la belle pute repentie et Madeleine, l'hystérique aux sept démons qui vient tout de suite après, et puis, à cause des bains de pieds du Maître, on mélange Madeleine et Marie, la sœur de Marthe. On agite bien le cocktail et ça donne Marie-Madeleine. Un joli coup parce que, avec Jean, Marie-Madeleine devient la favorite de Jésus : c'est à elle qu'il apparaît en premier après sa résurrection. Mais, cette fois, il tient ses distances. Il s'est déguisé en jardinier, alors, bien sûr, elle ne le reconnaît pas et puis, quand elle se rend compte que c'est Lui, elle veut l'embrasser et Lui : « Ne me touche pas ! » Non mais ! Des fois qu'avec ses larmes, son parfum et ses cheveux, elle lui aurait trop bien lavé les pieds et qu'elle lui aurait cicatrisé les stigmates !

Je m'égare. Donc, Madeleine aux grands cheveux n'a jamais existé. C'est une invention. De qui ? On n'en sait rien. De personne sans doute. Ça a dû se faire peu à peu. Mais, aujourd'hui, tout le monde est d'accord : Madeleine, c'est un pot-pourri. Pardon, je me suis mal exprimé. Ce que je veux dire, c'est qu'elle mélange au moins trois figures. Et les autres, là, ceux qui aiment bien que les choses soient claires, ça leur suffit ! Pour eux, tout est simple et ils le démontrent. Premièrement, le personnage de Madeleine — enfin, de Marie-Madeleine — est le produit d'une confusion entre la prostituée de Naïn (ils disent prostituée, eux, pas putain), la fille de Madgala aux sept démons et Marie, la sœur de Marthe. Deuxièmement, cette confusion a été rendue possible en particulier par le texte où Luc raconte le repas chez Simon juste avant d'évoquer la fille aux sept démons. Troisièmement, ça suffit comme ça. C.Q.F.D. Pas besoin de chercher midi à quatorze heures. On peut passer à autre chose. Eh bien, moi, je dis non ! Pas d'accord ! Ce n'est pas parce qu'on a compris comment Madeleine a été inventée qu'on a compris pourquoi on l'a inventée ! Ni pourquoi ses cheveux jouent un rôle pareil dans cette invention. C'est vrai, quand même, ni la fille de Magdala ni Marie la sœur de Marthe n'ont de grands cheveux ; il n'y a que la putain de Naïn qui en a et qui sait s'en servir. Alors, même si on les a mélangées toutes les trois, pourquoi avoir gardé ses cheveux ? Vous pouvez me le dire, vous ? Non ? Eh bien, moi, je vais vous le dire. C'est pour pouvoir montrer les cheveux de la putain sans nom de Naïn qu'on en a fait Madeleine, et puis Marie-Madeleine, et puis la sainte la plus sainte de toutes les saintes. Ils disent, ceux qui aiment les idées claires, que Madeleine est le produit d'une confusion. Tu parles d'une confusion ! Frère Jacques, le dominicain, confondre les choses ! Tu parles, Charles ! Ce n'est pas une confusion qu'il fait, c'est une condensation et ce n'est pas du tout pareil. Une confusion, c'est une erreur, on ne la fait jamais exprès et, après, on la regrette, on la corrige. Tandis qu'une condensation, on ne la fait pas forcément exprès, mais on ne la fait pas pour rien. Non mais ! Moi aussi j'ai mes références. Je sais ce que je dis. Vous savez comment ça s'appelle, le personnage de Madeleine aux grands cheveux ? Non ? Eh bien, je vais vous le dire. Ça s'appelle une *figure composite*. Oui, monsieur, une figure composite, composée avec des traits appartenant à différentes figures. C'est le fruit d'une condensation. Et vous savez pourquoi on fait des figures composites ? Vous savez à quoi ça sert, une condensation ? Ça sert à exprimer quelque chose qu'on ne peut pas dire ou penser, parce que c'est interdit. Ni possible ni permis. La censure, quoi. C'est à ça que ça sert, une condensation, à échapper à la censure tout en respectant ses conditions. Alors, c'est simple : Madeleine n'existait pas et, si on l'a inventée, c'est qu'on avait de bonnes raisons. D'ailleurs, on ne s'est pas trompé : c'est devenu une vedette, Madeleine. Une star. Irremplaçable. Elle a vraiment bien servi. Grâce à quoi ? Grâce à ses cheveux justement, les cheveux de la putain de Naïn. Si on les a gardés pour les attribuer à la fille de Magdala, c'est qu'ils ne comptaient pas pour du beurre. En fait, ces cheveux, c'est un symptôme. Ils indiquent à quoi la condensation a servi, ce qu'on cherchait à dire sans pouvoir. Les cheveux de Madeleine, si vous comprenez pourquoi ils sont si longs, vous aurez compris pourquoi on l'a inventée, Madeleine. Je pourrais d'ailleurs dire le contraire : si vous comprenez pourquoi on a inventé Madeleine, vous comprenez pourquoi elle a les cheveux si longs.

Là, il faut raisonner un peu. Pas beaucoup, juste un peu. Parce que la réponse ne vous tombera pas du ciel, toute rôtie dans la bouche. Alors, allons-y. D'abord, Madeleine, c'est une femme. D'accord ? Si on l'a inventée, c'est pour qu'elle serve surtout aux femmes. Elle leur est destinée, c'est leur sainte à toutes, la sainte « spéciale femmes ». En fait, c'est plus encore. C'est la troisième femme d'une Trinité femelle qui s'adresse aux femmes même si elle a été inventée par les hommes mais ça j'y reviendrai. Qui sont les deux autres ? Alors, là, c'est simple. C'est Marie, la vraie, la grande, la vierge, et Ève, la première de toutes, la mère de toutes les femmes. C'est là, entre les deux, qu'elle est vraiment utile, Madeleine. Les femmes, qu'est-ce qu'elles pouvaient faire, entre les deux sans Madeleine ? Rien. Elles n'avaient pas de modèle. Marie ? Trop parfaite pour être imitée. Inatteignable. Tellement parfaite qu'elle est immaculée, sans tache, pas le plus petit défaut. Ce n'est pas un modèle, c'est un dogme. Et vlan ! Comme ça, on n'en discute plus Ce n'est pas seulement qu'elle est vierge, et puis mère et puis vierge encore. Ça, à la limite, c'est secondaire. On remonte plus haut. Avant d'être vierge, elle est immaculée. C'est une autre affaire ! Conçue sans tache, la première et la seule depuis Adam et Ève et pour toute l'Éternité. C'est comme ça et pas autrement. Remarquez, ils ont attendu pour en faire un dogme, jusqu'en 1870 ! Mais il fallait bien en arriver là : ça devenait gênant, à la fin, toutes ces discussions sur le corps de Marie, sur comment elle pouvait avoir eu son bébé sans être comme les autres femmes tout en étant comme elles puisque c'est après le péché et à cause du péché qu'Ève avait pu concevoir et que donc tout bébé était déjà souillé par la faute de ses parents pauvre bichon et que la naissance de Jésus ce n'est pas un miracle ce qui aurait tout expliqué mais un mystère et un mystère ça n'explique rien au contraire. Basta ! Ça suffit ! C'est un dogme ! Circulez, il n'y a rien à voir ! Mais, du même coup, Marie ne pouvait pas être un modèle puisque c'était un mystère. Quant à Ève, n'en parlons pas ! Tout est de sa faute, c'est elle qui a cédé et c'est elle, la salope, tout le monde le sait, qui a tenté ce pauvre Adam. Une malédiction, Ève. D'ailleurs les Anglais, encore eux, n'oublient pas : pour eux, les règles des femmes, c'est la malédiction d'Ève, *the curse of Eve* comme ils disent, et même tout simplement *the curse*, la malédiction. Et, justement, les femmes sont toutes des filles d'Ève, bien comme leur mère, tentatrices, séductrices, menteuses, bavardes, j'en passe et des meilleures. Alors, qu'est-ce qu'elles pouvaient faire, les femmes ? D'Ève à Marie, pas de passage, pas de transformation possible. Il n'y a rien à faire, Ève et Marie sont contraires. La preuve, c'est que Gabriel, quand il salue Marie, lui dit AVE. Vous croyez que c'est par hasard ? AVE, c'est le contraire de EVA. Il savait parler, Gabriel. Dès le premier mot, on a tout compris : Marie renverse Ève, elle annule la malédiction. Mais justement les filles d'Ève, qu'est-ce qu'elles peuvent faire ? Rien. Rien jusqu'à ce qu'on leur invente Madeleine parce que, avec elle, c'est le passage possible de l'une à l'autre, ou plutôt de l'une vers l'autre parce que aucune femme ne pourra jamais être comme Marie, alors qu'elles peuvent devenir comme Madeleine.

Les femmes, toutes pareilles, surtout certaines, a dit l'homme au chapeau mou. Toutes des traînées. Avec Madeleine, elles ont un bel exemple, un modèle possible : la putain au grand cœur, putain d'abord, et puis sainte parce qu'elle avait un cœur grand comme ça, qu'elle a beaucoup pleuré et qu'elle a changé de vie. Et puis, si elle peut faire passer d'Ève vers Marie, c'est parce qu'elle est différente des deux (ça, c'est évident) mais aussi qu'elle ressemble aux deux. Je m'explique. Madeleine ressemble à Ève, aucun doute : Ève est la première pécheresse, la tentatrice, etc., et Madeleine, c'est la séductrice professionnelle, vénale. Madeleine ressemble aussi à Marie et, là, j'ai deux types de preuves. D'abord, Madeleine, c'est Marie-Madeleine et, dans Marie-Madeleine, il y a Marie. Vous me direz oui mais cette Marie-là c'est la sœur de Marthe. D'accord, mais elle s'appelle aussi Marie. Vous ne trouvez pas ça bizarre ? Ensuite, Madeleine-Marie-Madeleine, c'est une des Maries qui monte au calvaire, c'est la Marie qui pleure au bas de la croix, c'est une de celles qui vont au tombeau et puis c'est à cette Marie-là que Jésus se présente en premier après sa résurrection. Madeleine n'est pas comme Marie la vierge, d'accord, mais, de toutes les Maries, c'est la plus proche. Sans les cheveux, quelquefois, on les confondrait. D'ailleurs, je vais vous raconter une histoire à ce propos. Vous connaissez le cordon ombilical de Jésus ? Si : le cordon que Marie a coupé de ses propres mains. Bon. Eh bien, vous savez ce qu'il est devenu, ce cordon ? Elle ne l'a pas jeté, oh non, vous pensez ! Le sacré cordon ! Elle l'a gardé et, beaucoup plus tard, elle l'a donné en souvenir à une amie. À qui ? Je vous le donne en mille, mais vous avez déjà deviné : elle l'a donné à Madeleine, évidemment. Si vous ne me croyez pas, allez lire sainte Brigitte et ses *Révélations*. C'est Marie, Marie la vierge elle-même, qui l'a dit à Brigitte, spécialement à elle. Il faut dire qu'en matière de cordons, Brigitte en connaissait un bout vu qu'elle était suédoise, qu'elle s'était mariée et qu'elle avait eu sept enfants avant de se retrouver en sainte. Toujours est-il que Madeleine a hérité du saint cordon. C'était une bonne fille maintenant, mais toujours un peu coquette. Alors, comme elle avait jeté aux orties tous ses putains de bijoux de putain, le cordon, elle s'en est fait un pendentif et elle se l'est accroché à son cou d'albâtre. Tu parles d'un bijou de famille ! Enfin, passons. Tout ça pour dire que, plus proche que Marie-Madeleine et Marie la vierge, c'est difficile et, donc, Madeleine ressemble à la fois à Ève et à Marie.

En fait, pour le dire sérieusement, quand ils ont inventé Madeleine, ils ont construit un triangle dans lequel les femmes jouent leur destin. Si je voulais, je dirais que c'est un triangle sémiotique. Pas besoin du fameux carré, vous savez, le carré sémiotique, celui qui montre comment, pour aller d'une chose à son contraire, il faut passer par son contradictoire pour se retrouver dans l'impliqué ou le contraire passer par l'impliqué pour se retrouver dans le contradictoire et là zip ! c'est facile. Bon, j'arrête. Trop compliqué et puis, la sémiotique, on peut faire sans. Je n'ai qu'à dire : comme elle n'est ni Ève ni Marie mais qu'elle ressemble à Ève et à Marie, Madeleine articule l'immaculée à la souillée, la pure à l'impure. Elle est le chemin, la voie, la porte, tout ce que vous voudrez, qui permet aux filles d'Ève de devenir des filles de Marie. Et si elle peut faire ça, Madeleine, c'est qu'elle s'est convertie, d'elle-même, dès qu'elle a vu Jésus avec ses pieds sales. Pour être sauvée, elle n'a pas attendu, comme Ève, qu'il vienne la chercher par la main dans les Limbes. Elle n'a eu qu'à se convertir, à renoncer à sa vie de fille d'Ève et hop ! sauvée. Pardonnée tout de suite, absoute de son vivant, ça n'a pas fait un pli. Pour un modèle, c'est un bon modèle. Avec Madeleine, les femmes savent à quoi s'en tenir et comment faire. Un bon repentir, une vie sans sexe mais avec beaucoup de larmes, et tout ira pour le mieux dans un monde meilleur.

Et ses cheveux dans tout ça ? On y est, en plein dedans. Ce n'est pas pour rien qu'ils sont si longs. Ils manifestent évidemment sa conversion mais de façon plutôt habile, retorse. D'abord, étalés comme ça, exhibés, ils rappellent qu'elle les a dénoués pour essuyer les pieds du maître et qu'elle a renoncé ensuite à se coiffer. J'imagine qu'elle se les démêlait, qu'elle se les peignait. Je veux dire avec un peigne pas avec un pinceau même si ça revient au même parce que de toute façon ils n'existent qu'en peinture, ses cheveux. En tout cas, après les pieds de Jésus, elle a renoncé à se faire des chignons, des couettes, des nattes, tous ces trucs qui attirent les hommes. Elle a juste gardé sa longue tignasse. Ses cheveux donc, qui coulent comme ça, sans apprêt, ce sont d'abord les cheveux de la pénitente et, au désert, elle devient carrément sauvage et ils poussent jusqu'à ses pieds. Mais il n'y a pas que ça parce que, depuis toujours, les cheveux, c'est dans l'intimité qu'elle les dénoue, une femme. Dans sa chambre, sa salle de bains, son gynécée, au lit, sur la machine à coudre, où vous voudrez, mais pas dehors. Aujourd'hui tout a changé : on sort comme on veut, habillé et coiffé n'importe comment. Mais, avant, sortir « en cheveux », comme on disait, ça faisait désordre. Une femme qui sortait en cheveux, c'est qu'elle n'avait pas mis son chapeau. Et une femme qui fait désordre, ça veut dire qu'elle mène une vie désordonnée. Vous me suivez ? Il n'y avait que les jeunes filles qui pouvaient sortir avec les cheveux longs sur les épaules. Elles, les petites innocentes, on ne leur en voulait pas ; c'étaient des pucelles. Mais, justement, s'il y a une chose que Madeleine n'était plus depuis longtemps, c'est bien pucelle. Il y a même un faux derche qui a pris soin de le préciser, en latin : il faut pas se faire avoir par ses cheveux, *puella sed non virgo*, Madeleine, jeune fille mais pas vierge. Comme si on ne le savait pas ! C'est juste qu'il ne faudrait pas que ses cheveux nous le fassent oublier. Donc les cheveux de Madeleine rappellent aussi son impudeur passée de femme qui se promenait cheveux dénoués. Vous voyez où je veux en venir ? On a inventé Madeleine en condensant plusieurs figures de femmes et, à leur tour, ses cheveux condensent plusieurs choses. Ils indiquent à la fois les péchés anciens de Madeleine et leur exclusion, leur rejet ; ils exhibent sa pénitence actuelle et son impudeur passée. En fait, ils montrent, révèlent, dévoilent le péché dans la figure qui l'exclut, *puella sed non virgo*.

Pour calmer le jeu et rassurer les dévots, je n'aurais qu'à dire qu'ils montrent l'impudeur de la pénitence. C'est une belle formule, ça, bien trouvée, et, en plus, elle n'est pas fausse. Je ne sais pas si vous l'avez noté mais, depuis le début, depuis qu'elle est entrée chez Simon, Madeleine n'est pas très discrète. Elle continue à se faire remarquer, à croire qu'elle aime toujours ça. Seulement, maintenant, c'est pour la bonne cause : il faut qu'on voie qu'elle se repent, qu'on le remarque, qu'on ne l'oublie pas, qu'on y pense tout le temps. Surtout les femmes-toutes-les-mêmes. C'est ça leur modèle. D'accord mais, pour les cheveux, ça ne suffit pas

Il ne faudrait pas me prendre pour un naïf. Il n'y a pas que les femmes qui regardent les images de Madeleine et ce n'est pas seulement pour elles qu'elles sont peintes, surtout certaines. Elle reste érotique, Madeleine, même en pénitente, et c'est à cause de ses cheveux justement. Surtout quand elle est au désert et qu'elle fait semblant de croire que personne ne la regarde : quand elle est toute nue sous ses cheveux, ils servent à faire deviner ce qu'on ne voit pas. Ils mettent l'eau à la bouche. Tout un menu, avec plat du jour, mais on peut aussi choisir à la carte : un bout de sein, un morceau de cuisse, un éclair de ventre, une larme de téton, un soupçon de fesse, un nuage de ce que vous voudrez. Même dans les images les plus anciennes, quand elle était entièrement couverte avec ses cheveux, quand on ne voyait plus que son visage, ses mains et ses pieds, ses cheveux n'étaient pas très pudiques. Dans ces cas-là, il y en a vraiment trop parce que, justement, ses cheveux ne sont pas un attribut comme un autre. Ne dites pas le contraire, vous étiez d'accord tout à l'heure. C'est une partie de son corps qui pousse. C'est une manifestation de son corps, de la vie de son corps. Et quelle manifestation ! Quelle vitalité ! Énorme ! Luxuriante ! Attention, j'ai dit luxuriante, pas luxurieuse. N'allez pas trop vite. Ne me faites pas dire ce que je n'ai pas dit. Pas tout de suite. En tout cas, ces cheveux-là, il y en a trop ; c'est un excès de son corps. Ils servent à cacher, d'accord. Ils cachent ce qu'on voit d'habitude, la peau. Mais, en même temps, ils montrent tout ce qui est venu du dedans et s'est répandu au-dehors. Ils montrent ce qu'on ne saurait voir : une intimité du corps, exhibée, substituée à cette peau qui cache, tous les poètes baroques vous le diront, un tas d'immondices.

Si vous y réfléchissez, ces cheveux, en fait, ils sont au bord de l'obscène. D'ailleurs, si vous croisiez une femme comme ça dans la rue et même à la campagne, vous n'en penseriez pas moins. Mais, justement, ils restent au bord de l'obscène parce que, d'abord, c'est de la peinture et que toute l'histoire de Madeleine les justifie en peinture, et ensuite parce que ce sont des cheveux, pas des poils. Nous y revoilà ? Oui, nous y revoilà. Les poils de Madeleine, le visible de son sexe, eux, ils restent interdits. Mais là, avant de continuer, je vais vous dire à quoi elle m'a fait penser, moi, Madeleine. Il faudrait faire une histoire du poil en peinture. Ni plus ni moins. Comment on nous le montre, comment on nous le cache, lesquels on nous montre, lesquels on nous cache, etc. Ce serait une belle histoire de l'art. On poserait de bonnes questions. Par exemple, de quand datent les premières peintures à poils ? Là, deux réponses possibles. Première réponse : on parle des peintures de femmes à poils. Pas des femmes à barbe, celles-là ont au moins quatre cent cinquante ans ; non, on parle des femmes nues dont on voit les poils. À mon avis, la première, en tout cas la première qui m'intéresse, c'est *La Femme dans la vague* de Courbet ; elle a les bras levés et on voit sa touffe sous les bras ; il y va fort, Courbet, comme d'habitude ; l'écume qu'il a jetée sur le corps de la femme, on dirait du sperme, une éjaculation, et il a signé en rouge, juste en dessous. Quel type quand même, ce Courbet ! La deuxième réponse, je vous la donne en mille. Elle est moins bête qu'elle n'en a l'air : la peinture à poils a toujours existé, sauf dans les cavernes. Parce que, pour peindre, il faut un pinceau et, un pinceau, c'est du poil. De ceci, de cela, mais du poil de toute façon. Donc, on a toujours peint à poils. Et ne dites pas que je joue sur les mots : pinceau, qu'est-ce que ça veut dire ? Hein ? D'où ça vient, pinceau ? Ça vient du latin et ça veut dire petit pénis. Oui, monsieur, petit pénis, *penicillus* en latin, c'est Cicéron qui le dit, pinceau, petite queue, petit pénis. Quand vous y pensez, ça vous ouvre des horizons. Vous vous rendez compte, la taille des pinceaux de Velázquez ? Il se les faisait tailler spécialement pour lui, longs et minces, pas courts et épais. Les courts et épais, c'était pour Turner. Vous vous rendez compte, l'histoire de l'art qu'on ferait ? J'arrête. Tout ça, c'était pour dire qu'on devrait toujours se demander pourquoi un peintre a envie de devenir peintre, de quoi il a envie quand il peint, comment on voit cette envie dans ses peintures. Non, je vous dis, c'est toute l'histoire de la peinture qu'il faudrait refaire.

Passons et finissons-en. Je disais donc : les cheveux de Madeleine restent au bord de l'obscène parce que, si ce sont des poils, ce ne sont pas les poils, j'ai bien dit *les* poils. Je vous l'ai dit dès le début : ils détournent l'attention, ils font oublier les poils en en montrant d'autres, beaucoup d'autres, beaucoup plus longs. C'est ce que les psys appellent la prise en considération de la figurabilité : quand vous ne pouvez pas vous représenter quelque chose, quand c'est interdit, vous substituez autre chose qui y ressemble, d'une manière ou d'une autre. Voilà tout. Les cheveux de Madeleine, c'est la figurabilité de ses poils. Je me répète ? Peut-être, mais on n'a pas perdu notre temps parce que, maintenant, je peux être plus précis. Les cheveux de Madeleine ne se contentent pas d'indiquer sa conversion de l'amour sensuel à l'amour spirituel ; ils ne se contentent pas non plus de remplacer par une cascade blonde le triangle obscur de sa toison. En les cachant et en s'y substituant, ils les montrent aussi, métamorphosés, déguisés. La chevelure de Madeleine, ce sont ses poils en guise de cheveux. En fait, ses cheveux sont sa toison convertie. Le voilà, le grand miracle de Jésus. Un vrai magicien : quand elle lui a lavé les pieds, il a converti sa toison de putain en chevelure de sainte ! Parce que, pour être sombre, sa toison ne l'était pas qu'un peu. Je ne parle pas de sa couleur, crétins ! mais du danger qu'elle représentait pour tous les fils d'Adam qui vivaient à Naïn et qui l'avaient regardée, fréquentée, goûtée. Saleté de poils tentateurs ! Quelle honte ! Mais maintenant, c'est fini ! Plus personne ne les verra. À la place, il y aura les cheveux. Les cheveux de Madeleine les ont convertis, ses poils ; ils en ont fait une bonne et belle toison, bien chrétienne. L'autre, la petite odorante, plus la peine d'y penser : elle ne sert plus, inutilisée, inutilisable, inutile.

Ce n'est pas gai tout ça ? D'accord, mais pour eux ça valait la peine. La toison de Madeleine, finalement, elle leur faisait plutôt peur et sa conversion, c'est à toutes les femmes, à toutes les Madeleines qu'elle s'adresse, pour qu'ils puissent eux, les bons apôtres, dormir tranquilles. J'exagère ? Attendez, je vais essayer de le dire autrement. Chez Madeleine, les cheveux condensent l'image de la pénitente sauvage, seule dans le désert, et celle d'une chevelure dénouée dont la vue était, en société, réservée à l'intimité. On est d'accord ? Alors, je peux dire que ses cheveux font voir son intimité dans sa sauvagerie. D'accord ? Mais je peux dire aussi sa sauvagerie dans son intimité. Non ? Je ne peux pas ? Mais c'est ça, une condensation ! Bon. Alors, je peux dire aussi qu'ils font voir son intimité sauvage ou sa sauvagerie intime, c'est pareil. Et comme Madeleine s'adresse à toutes les femmes, vous vous rendez compte, ce sont toutes les femmes qui doivent penser qu'avec leurs toisons, elles sont des vraies sauvages, des mangeuses d'homme, des cannibales. Elles ont intérêt à bien se tenir, c'est moi qui vous le dis, et à se retenir, avec leur toison. Voilà pourquoi ils ont inventé Madeleine. J'exagère encore ? Alors dites-moi pourquoi elle a autant de cheveux, Madeleine. Ce n'est quand même pas ma faute.

La femme dans le coffre

— Une pin-up ?

— Et rien d'autre. Une pin-up, purement et simplement.

— Tout dépend de ce que vous voulez dire par là

— C'est simple : une belle femme nue… enfin, plutôt son image. L'image d'une femme nue, censée exciter l'homme qui la regarde, une image de femme objet sexuel.

— La *Vénus d'Urbin*, une pin-up ! Vous alors !

— Oui, une pin-up. D'ailleurs vous connaissez l'histoire du tableau. Quand Guidobaldo le commande à Titien, son père…

— Le père de qui ?

— De Guidobaldo, Francesco Maria, son père, avait déjà acheté, deux ans plus tôt, le portrait du même modèle, *La Bella*, qui est aujourd'hui au Pitti, à Florence. Mais *La Bella* portait une belle robe et, en fait, Guidobaldo voulait avoir son portrait nu…

— Vous vous rendez compte de ce que vous dites ?

— Non. Pourquoi ?

— Parce que, si vous ajoutez à cela que le chien endormi sur le lit est pratiquement le même que celui de la mère de Guidobaldo, Éléonore, et que, quand il manque d'argent pour payer le tableau, Guidobaldo en demande à sa mère, franchement, ça sent plutôt son petit Œdipe !

— Je n'en sais rien. On n'a aucun document sur les relations intimes de Guidobaldo à ses parents. Et puis, pour tout vous dire, ce n'est pas mon problème. Ce qui est sûr c'est qu'il voulait *La Bella* nue, ou plutôt déshabillée. Un point, c'est tout : pour lui, c'était une pin-up.

— Vous m'étonnez, mais admettons. Après tout, c'est vrai, quand il parle du tableau, Guidobaldo l'appelle la *donna ignuda*, la « femme nue »…

— Une pin-up, vous dis-je.

— Tout de même, pour un historien comme vous, c'est un peu anachronique.

— Il faut appeler un chat un chat. Cette femme nue, allongée sur un lit, qui nous regarde en se caressant le sexe, vous ne me direz pas qu'elle ne lance pas une invitation sexuelle. Elle est même plutôt directe, non ?

— Certainement. Je l'ai bien vue, sa main.

Mais, quand même, une pin-up, ce n'est pas tout à fait ça. Comme son nom l'indique, une pin-up, c'est une image faite pour être accrochée ou punaisée à un mur. C'est peut-être le seul point commun entre la pin-up et la *Vénus d'Urbin* ; elle aussi a été faite pour être accrochée au mur. Mais, à part ça, c'est très différent. D'abord, c'est une photographie, ou un dessin photographié. Vous vous rappelez les pin-up d'Atlan dans *Lui* ? Vous ne lisiez pas *Lui* ? C'est dommage. En tout cas, une pin-up, c'est une photographie ou un dessin indéfiniment reproductibles. Ce n'est pas le cas de ce tableau, même si on en a fait des copies. Et puis je crois me rappeler qu'au départ, ces photographies devaient aider les militaires américains à remédier manuellement à leur abstinence sexuelle forcée. Je ne sais plus qui avait dit de la masturbation que c'était « la main au secours de l'esprit ». Si je ne me trompe, une des plus célèbres a été la photographie de Marilyn Monroe, couchée nue sur un drap de satin rouge. Et puis elles se sont multipliées. On en voit beaucoup dans les cabines de camionneurs et dans les ateliers de mécaniciens automobiles. Un jour, il faudrait se demander quel lien peut exister entre la pin-up et l'automobile. Pour le camionneur, je peux comprendre : il reste longtemps sur la route. Mais les mécaniciens ? Ils rentrent chez eux tous les soirs et retrouvent leur lit et leur femme tous les soirs. Pourquoi ont-ils besoin de pin-up ? Sexe, mécanique et cambouis, pourquoi cette trilogie du mécano ? Je trouve que c'est une bonne question.

— Vous vous égarez.

— Pas tellement. Parce que, si la *Vénus d'Urbin* servait sans doute d'excitant sexuel, je ne pense pas qu'elle servait de substitut. Guidobaldo della Rovere avait certainement d'autres moyens de satisfaire ses envies. En disant que cette *donna ignuda* est une pin-up, excusez-moi de vous le dire mais vous simplifiez et vous faussez les choses. Les époques, les pratiques sexuelles et les circonstances dans lesquelles on regardait ces images sont trop différentes pour en faire une analyse identique

— Je n'analyse pas la *Vénus d'Urbin*...

— C'est bien ce que je vous reproche.

— Je vous dis à quoi elle servait. À exciter Guidobaldo. Et, en tant que telle, même si elle a été peinte par Titien, elle avait la même fonction qu'une pin-up.

— D'accord, admettons que ce soit un excitant sexuel. La figure invite en effet ; c'est son sexe appel...

— Vous voyez bien !

— Mais elle était sans doute destinée à être

accrochée dans une chambre à coucher. Celle de Guidobaldo, justement. Et ça change tout.

— Pourquoi diable ?

— Allons ! Vous connaissez bien la puissance magique qu'on attribuait alors aux images et vous savez pourquoi on recommandait d'accrocher de belles nudités, hommes ou femmes, dans les chambres à coucher des époux.

— Oui. Je sais, je sais. Si la femme regardait ces beaux corps au moment de la fécondation, son enfant serait plus beau. Entre parenthèses, cela en dit long sur ce qui devait se passer dans certains lits de la Renaissance. Mais je ne vois pas en quoi cela n'en fait pas une pin-up.

— Élémentaire, mon cher : ce serait une pin-up destinée à être regardée dans l'intimité du mariage et, qui plus est, une pin-up destinée moins à Guidobaldo qu'à son épouse ! Ça en fait, vous en conviendrez, une pin-up d'un genre assez particulier.

— Pour le coup, c'est vous qui faussez les choses. Vous savez comme moi que ce tableau n'est pas un tableau peint à l'occasion du mariage de Guidobaldo. Quand il se « marie » avec Giulia Varano en 1534, sa fiancée n'a que dix ans…

— Oui, mais quand le tableau est peint, en

1538, Giulia a quatorze ans et le mariage a pu être consommé à cette date.

— D'accord mais, en tout cas, ce n'est pas ce qu'on appelle un « tableau de mariage »...

— Ce n'est pas ce que je dis...

— De toute façon, en 1538, il existait depuis longtemps à Venise une tradition du tableau de « femme nue ». Cette tradition est sans doute née avec la *Vénus de Dresde* peinte par Giorgione avant 1510 et, celle-là, c'était un tableau de mariage. D'accord. Mais, en 1538, plus besoin d'un mariage pour peindre une femme nue.

— Je ne vous ai jamais dit que c'était un tableau de mariage. Ce que je dis, c'est que, pour imaginer son tableau, Titien l'a situé dans un contexte matrimonial.

— C'est tiré par les cheveux.

— Non. Pas par les cheveux : par la main.

— Quelle main ?

— La main gauche qui caresse le sexe.

— C'est la meilleure ! Mais c'est simplement une invitation sexuelle.

— Pas n'importe laquelle, quand même ! Au XIXe siècle, des spectateurs seront très choqués par ce geste. Même Mark Twain trouve que c'est un tableau abominable, le plus « vil » qu'il ait jamais vu ! Pour une fois, il a manqué d'humour. Quant aux bons et très sérieux Crowe et Cavalcaselle, dans leur grand ouvrage sur Titien, ils ne sont pas choqués par cette main gauche. Et pour cause : ils n'en disent rien. Ils décrivent le bras droit, la main droite et son bouquet de roses, mais pas un mot sur la main gauche. Comme si la *Vénus d'Urbin* était manchote !

— Je connais ces textes. Ils ne prouvent rien. Les spectateurs du XVIe siècle se choquaient moins facilement. C'est le XIXe siècle, pudibond et bourgeois, qui s'offusque. Vous en connaissez, vous, des bourgeois qui aiment les pin-up ?

— Je n'en sais rien. Officiellement non, sans doute. Mais en cachette… De toute façon, vous ne pouvez pas banaliser ce geste. Il est tout à fait exceptionnel, même au XVIe siècle. Titien ne l'a jamais repris et aucun autre peintre non plus. Même en 1538, il devait paraître un peu osé, à la limite du pornographique.

— C'est bien ce que je dis : c'est une pin-up.

— Les pin-up ne sont jamais porno. Elles sont nues, ou déshabillées, mais finalement bien sages. Elles se contentent de se montrer, d'aguicher, sans faire trop de vagues.

— Et alors ?

— Le tableau de Titien est différent. D'une certaine manière, c'est vrai, on peut dire qu'il est obscène. Mais c'est parce qu'il rend public, il met sur le devant de la scène un geste qui est admis et même recommandé dans l'intimité du mariage…

— Ma parole, mais vous ne pensez qu'à ça !

— Peut-être mais, en tout cas, Rona Goffen a parfaitement montré comment, au XVIe siècle, la masturbation féminine était, dans un contexte précis, acceptée et même recommandée. La science disant que les femmes ne pouvaient être fertilisées qu'au moment de leur jouissance, les médecins suggéraient aux femmes mariées de se préparer manuellement à l'union sexuelle pour avoir un enfant. Ce qui en laisse entendre pas mal à nouveau sur la pratique masculine : qu'est-ce que ça pouvait bien être, un *latin lover*, à la Renaissance ? Et les prêtres aussi…

— Comment ça, les prêtres aussi ?

— Les prêtres aussi recommandaient la masturbation parce que, comme vous ne pouvez manquer de le savoir, pour les hommes d'Église, la seule sexualité autorisée est dans le mariage et elle doit viser exclusivement à la reproduction. Donc, dans le mariage, la femme pouvait, devait presque « se préparer » à l'union sexuelle pour être plus sûre de son coup — et ne pas risquer de commettre, de faire commettre surtout à son mari, le péché d'une copulation sans progéniture, pour le seul plaisir. Donc, au XVIe siècle, ce geste ne pouvait pas être conçu ni perçu comme celui d'une pin-up se préparant pour une union illicite. Rona Goffen indique même que la pose de cette femme, appuyée sur son côté droit, correspond à des recommandations du même genre. Autrement dit, si ce n'est pas un tableau de mariage, c'est un tableau imaginé dans un contexte de mariage. D'ailleurs, il n'y a pas que la main qui évoque le mariage…

— Je sais. C'est la tarte à la crème des « attributs » iconographiques de la *Vénus d'Urbin* : le myrte sur la fenêtre, les roses dans la main gauche, les deux coffres du fond et le petit chien endormi sur le lit…

— D'habitude, ils vous plaisent, ces attributs. Un iconographe comme vous et que partout on nomme…

— Pour être iconographe, je n'en ai pas moins l'œil ! Et ces attributs ne me disent rien qui vaille. Les coffres ? Bien sûr qu'ils évoquent les coffres de mariage dans lesquels la jeune mariée mettait sa dot en lingerie pour l'emporter dans la maison de l'époux ; mais je suis persuadé que les grandes courtisanes — et celle-ci en est une : on n'a qu'à regarder le palais où elle vit — les grandes courtisanes avaient aussi ce genre de coffres dans leur chambre. Quant au chien, c'est un symbole connu de fidélité, mais aussi de luxure. En tout cas, il est endormi et, dans sa *Danaé* de Madrid, Titien a peint un autre petit chien qui dort sur le lit de sa maîtresse au moment même où elle se fait engrosser par Jupiter transformé en pluie d'or. Donc, le petit-chien-endormi-sur-le-lit n'est pas forcément un symbole de fidélité conjugale.

— Et vive l'iconographie !

— Oui. Vive l'iconographie ! Ces objets ne sont pas forcément des attributs et, en tout cas, leur sens n'est pas clair, univoque. Après tout, le myrte sur la fenêtre est peut-être seulement un myrte, et les roses seulement des roses...

— Et la fille seulement une pin-up. Je vous vois venir. Pris isolément, chaque objet ne possède pas en lui-même un sens clair et incontestable. D'accord. Mais le rapprochement de ces objets tisse un contexte qui les rend moins ambigus, un réseau dont la cohérence est celui d'une allusion matrimoniale.

— Vous y tenez ! Pourtant, vous convenez que le tableau n'a pas été peint pour le mariage de Guidobaldo...

— J'en conviens toujours. Je pense simplement que, si l'imagerie de la *Vénus d'Urbin* est celle d'un tableau matrimonial, Titien l'a très subtilement traitée et, du coup, la figure de la femme nue est devenue tout autre chose.

— Alors, si ce n'est ni une pin-up ni un tableau de mariage, qu'est-ce que c'est ? Le direz-vous, à la fin ?

— Un grand fétiche érotique. Ce n'est pas pour rien que Manet s'en est inspiré, trois cent vingt-cinq ans plus tard, pour peindre son *Olympia*. Si ce n'était qu'une pin-up, il ne l'aurait pas regardée deux fois — et d'ailleurs, nous n'en parlerions pas encore aujourd'hui.

— Je ne vous suis plus. Vous compliquez trop les choses. Moi, je m'en tiens à l'avis du grand Gombrich : un tableau n'a pas plusieurs significations mais une seule ; c'est sa signification dominante, sa signification voulue ou son intention principale. Le reste n'est que surinterprétation. Si nous parlons encore de la *Vénus d'Urbin*, c'est que c'est un grand tableau…

— Merci pour Titien.

— Un point c'est tout.

— Une question, une seule. Pourquoi Manet est-il allé chercher ce tableau, et pas un autre, pour peindre *Olympia* ? Il y en avait beaucoup d'autres, des pin-up, comme vous dites. Pourquoi être allé chercher celle-là ?

— C'est le genre de questions qui ne m'intéresse pas. Je ne suis pas devin et je n'aime pas les devinettes.

— Ce n'est pas une devinette.

— Quoi d'autre ? Vous ne prétendez tout de même pas savoir ce que Manet a pensé en regardant ce tableau ! Je suis sûr qu'il ne connaissait rien à l'iconographie ou à l'histoire du tableau. C'était un peintre, après tout, pas un historien.

— On ne saurait mieux dire. Mais il a bel et bien vu quelque chose qui l'a suffisamment intéressé pour qu'il en fasse *Olympia* et même pour qu'il fasse, quelques années plus tôt, une petite copie de la *Vénus d'Urbin*.

— Vous espérez retrouver le regard de Manet ? Vous n'êtes pas assez naïf pour croire...

— Non. Je voudrais seulement essayer de *regarder* le tableau. Oublier l'iconographie. Voir comment il fonctionne...

— Ce n'est pas de l'histoire de l'art.

— Disons que ce n'est pas dans ses habitudes. Il serait peut-être temps que ça change. Si l'art a eu une histoire et s'il continue à en avoir une, c'est bien grâce au travail des artistes et, entre autres, à leur regard sur les œuvres du passé, à la façon dont ils se les sont appropriées. Si vous n'essayez pas de comprendre ce regard, de retrouver dans tel tableau ancien ce qui a pu retenir le regard de tel artiste postérieur, vous renoncez à toute une part de l'histoire de l'art, à sa part la plus artistique. Dans le cas de la *Vénus d'Urbin*, c'est d'autant plus dommageable qu'*Olympia* a contribué à la naissance de la modernité en peinture. Et vous qui étudiez l'histoire de l'art, vous estimez que la question ne vous concerne pas ? Vous pouvez, sans autre forme de procès, ne pas vous préoccuper du destin extraordinaire de la *Vénus d'Urbin* ? Pourtant, il fait partie de ce que vous appelez la « fortune critique » du tableau, même si c'est un peintre, pas un écrivain, qui l'a analysé.

— De toute façon, Manet me donne raison. Lui aussi, il y a vu une pin-up, une courtisane si vous préférez, puisqu'il en a fait une prostituée attendant son client…

— Encore de l'iconographie ! Mais regardez le tableau ! Moi, je vous parle de composition, d'espace, des relations entre la figure et le fond, entre la figure et nous, ses spectateurs !

— On a tout dit là-dessus.

— Vous êtes sûr ?

— Vous voulez vraiment que je redise ce que tout le monde sait ?

— Sait-on jamais ?

— Bon. Je m'exécute. Mais je résume. En

1538, Titien s'est inspiré de la *Vénus* de Dresde. Il la connaissait bien puisqu'il avait achevé (ou retouché) le tableau après la mort de Giorgione en 1510. Giorgione avait peint sa femme nue endormie dans un paysage ; un quart de siècle plus tard, Titien la modernise en éveillant la figure (comme d'autres avant lui) et en la plaçant sur un lit dans un palais vénitien. Du même coup, la définition de la figure devient incertaine. Chez Giorgione, c'est évidemment une nymphe ou Vénus — seuls les dieux, les nymphes et les satyres sont nus dans la nature. Chez Titien au contraire, plus moyen de savoir si cette femme nue est Vénus ou une courtisane. À mon avis, c'est une courtisane. Son lit n'est pas très digne de Vénus. C'est peut-être cette ambiguïté qui a retenu Manet : malgré sa beauté parfaite, ce n'est pas une femme idéale. Il pouvait s'en inspirer pour peindre sa prostituée et finir de désacraliser le mythe. Alors, il a repris la composition d'ensemble en changeant le rapport entre les figures et le fond, en transformant le chien en chat et en ajoutant quelques détails « modernes ». Je ne vois pas comment on pourrait aller plus loin.

— En regardant mieux, peut-être ; en faisant moins d'iconographie. Sait-on jamais ? Par exemple, vous dites que, chez Titien, la femme nue est dans un palais...

— C'est évident.

— Alors, dans ce cas, comment passe-t-on du lit à la salle du fond ?

— Qu'est-ce que vous voulez dire, « Comment passe-t-on ? »

— Quel lien y a-t-il entre les deux ? Où est le lit dans cette pièce ?

— Au premier plan.

— Du tableau, évidemment. Mais par rapport à la salle ? Ce grand pan de peinture noire derrière le buste de la figure, qu'est-ce que c'est ? Qu'est-ce que ça représente ? Et cette ligne horizontale vaguement brune qui marque le bord du lit entre la cuisse de la femme et le chien endormi, qu'est-ce que c'est ?

— Je ne sais pas, moi. Qu'est-ce que vous voulez que ce soit ?

— Moi ? Rien. Mais, en tout cas, cette zone noire n'est pas un rideau comme le voudrait Panofsky qui voit dans sa découpe verticale un « bord de rideau » ; et la ligne brune n'est pas davantage le « bord du pavement ». Apparemment Panofsky le vieux avait oublié ce qu'avait écrit Panofsky le jeune. Vous vous rappelez son texte de 1932 sur les problèmes de la description, quand il dit qu'une description « purement formelle » ne devrait pas employer des mots comme « pierre », « homme » ou « rocher » ?

— Oui. Même si ce n'est pas ma tasse de thé.

— Je veux bien le croire. Il dit qu'une description « purement formelle » devrait ne voir que des éléments de composition « totalement dénués de sens » ou possédant même une « pluralité de sens » sur le plan spatial. Vous vous rappelez ? Pour Panofsky, en 1932, dire que tel corps est situé « devant » un ciel nocturne (il parle du Christ ressuscité de Grünewald), c'est — je le cite — « rapporter quelque chose qui représente à quelque chose qui est représenté, une donnée formelle, plurivoque d'un point de vue spatial, à un contenu conceptuel qui est lui, sans équivoque possible, tridimensionnel »...

— Juste ciel ! Quelle mémoire !

— Pour moi, c'est une phrase essentielle. Mais Panofsky l'a un peu oubliée quand il décrit bien plus tard la *Vénus d'Urbin*.

— Et, vous, vous oubliez que, tout de suite après, il estime qu'une telle description « purement formelle » est impossible dans la pratique. Avant même d'avoir commencé, toute description doit transformer les éléments purement formels du tableau en symboles de quelque chose de représenté. Ma citation est approximative. Je ne pratique pas le fétichisme de Panofsky.

— Je n'ai pas oublié la suite de son texte. Et pour cause ! C'est la base même, le coup de pouce initial, qui fonde la validité de son approche iconographique. Je dis cependant que, dans certains cas — et la *Vénus d'Urbin* en est un bel exemple —, cette identification immédiate, préalable à toute analyse, d'éléments formels à des objets précis, qu'on se dépêche de nommer, empêche de comprendre le travail du peintre et, finalement, fait passer à côté du tableau.

— Vous y allez un peu fort. Je ne suis pas un dévot de Panofsky mais, quand même, c'est un grand spécialiste de Titien, un des plus grands. .

— Il connaît certainement Titien mieux que moi. Mais, pour ce tableau, il est passé à côté. Et, en tout cas, ces deux lignes, la verticale et l'horizontale, ne sont ni un bord de rideau ni un bord de pavement.

— Pourquoi donc ?

— Allons ! Vous connaissez les palais vénitiens du XVIe siècle. Vous en avez vu, vous, des palais vénitiens comme ça ?

— Comme quoi ? Qu'est-ce qu'il a qui ne va pas, ce palais ?

— Mais regardez ! Le lit par exemple. Vous

avez dit qu'il n'était pas très digne de Vénus, et vous avez raison. Plus encore que vous ne pensez. Regardez-le, ce lit : il a bien l'air d'être posé sur le sol ?

— Évidemment, vous en connaissez, vous, des lits suspendus au XVIe siècle ?

— Non. Ce que je veux dire : les deux matelas ont l'air d'être posés directement sur le pavement. Ils le prolongent.

— Tiens, c'est vrai. Je ne l'avais pas remarqué.

— Dans ces conditions, « Vénus » est couchée sur deux matelas posés à même le sol…

— On dirait, oui, mais c'est absurde. Vous en faites une étudiante qui manque de place dans son studio et qui ouvrirait son lit pour recevoir son petit ami ! C'est ridicule.

— Pourquoi une étudiante ? Encore de l'iconographie… Mais passons ; vous avez raison, c'est absurde. La position du lit dans la pièce est invraisemblable.

— C'est vrai, d'autant plus que les lits du XVIe siècle étaient très hauts.

— Bien. Et ce rideau noir dont le bord serait à l'aplomb exact du sexe de « Vénus » ? Comment Panofsky fait-il pour y voir un rideau ? Son bord ne fait pas un pli, pas une ondulation. Pour un rideau, il est plutôt raté. Son bord, c'est juste une ligne géométrique, absolument rectiligne. Il y a bien un rideau derrière « Vénus », mais c'est le rideau vert, soulevé et noué au-dessus de sa tête. Du même coup, ce grand pan de peinture noire n'est certainement pas un rideau.

— Un mur alors ?

— Vous en connaissez des pièces vénitiennes à moitié découpées par un mur ou une cloison mobile ? Pas moi… Vous ne dites rien ?

— Non. Je reconnais que vous avez raison, mais je ne vois pas où vous voulez en venir.

— Précisément là. Ce n'est pas un rideau, ce n'est pas un mur. Ça ne correspond à rien de connu, à rien de répertoriable dans la réalité. Ça ne représente rien. Même chose pour le « bord de pavement ». En fait, Panofsky parle de bord de rideau et de bord de pavement parce que ça lui permet de voir dans le tableau la représentation cohérente d'une pièce de palais. Mais le tableau est incohérent…

— Ah non ! Je refuse. Il n'existe peut-être pas de tableau plus cohérent, comme vous dites, que celui-là. Il n'y en a peut-être pas de plus construit, manifestement construit. Avec ses deux parties complémentaires et corollaires : au premier plan, la nudité, l'horizontalité, les courbes douces ; à l'arrière-plan, l'habillement, la verticalité, les droites.

Et on pourrait continuer, avec le rappel dans chaque partie du principe formel dominant dans l'autre partie. Et avec les rappels inversés de couleurs. Moi aussi, je sais regarder la peinture. Dire que ce tableau est « incohérent » ! C'est un comble. Il est parfaitement construit.

— Nuance ! Il n'est pas parfaitement construit : il l'est manifestement. Ostensiblement même. Presque trop. En attendant, vous ne m'avez toujours pas dit comment on passait du premier plan à l'arrière-plan, ni ce que représentait le grand pan noir derrière la figure.

— Je n'en sais rien. Et ça m'est égal. Je ne vois pas l'intérêt de la question.

— Je vais vous le dire, moi, l'intérêt de la question. La seule façon de décrire ce pan de peinture noire, c'est de dire qu'il s'agit d'un écran…

— Un écran ?

— Oui, un écran de présentation pour la figure.

— Anachronisme. Encore plus anachronique que de parler de mur, de cloison ou de rideau !

— Non. En 1512, dans une *Sainte Conversation* avec la Vierge à l'Enfant et un donateur, Titien avait déjà utilisé ce dispositif pour présenter la Vierge et distinguer son lieu de celui du donateur qui se découpe devant un paysage.

— Vous parlez de la *Sainte Conversation* de la collection Magnani ?

— C'est ça. En 1538, vingt-six ans plus tard, Titien reprend ce dispositif pour présenter sa *donna ignuda*.

— Je vous vois venir. Vous allez me dire qu'avec cet « écran », Titien suggère une sacralisation, une divinisation du corps féminin. Et vous allez me citer les *Dialogues d'amour* de Speroni qui fait l'éloge dithyrambique des tableaux de Titien et dit qu'ils sont le « Paradis de nos corps ». Je vous vois venir !

— Ce n'est pas faux. D'ailleurs les *Dialogues d'amour* ont été publiés à Venise en 1537, un an avant le tableau...

— Oui mais, justement, dans les *Dialogues d'amour*, qui fait cet éloge de Titien ? C'est Tullia d'Aragon, la courtisane la plus raffinée de Venise. Nous y revoilà : je vous dis depuis le début que cette femme nue, c'est...

— Une pin-up ! Encore ! Mais peu importe ! Vous m'agacez, à la fin, avec votre pin-up et votre iconographie ! Ce n'est pas de ça que nous parlons en ce moment, mais de l'écran derrière la femme ! Ce n'est ni un rideau ni un mur ! C'est ça que je vous demande de voir ! Et son bord n'est pas un bord de rideau ou de mur. Pas plus qu'il n'y a de bord de pavement ! Ce sont des bords, purement et simplement. De purs bords. Ils ne représentent rien. Ils se contentent de fixer les limites entre les deux lieux du tableau : le lit avec la femme nue et la salle avec les servantes. Ils ne représentent rien et c'est pour cela qu'on ne peut pas dire à quoi ils correspondraient dans une salle de palais vénitien. Ils ne représentent rien, ces bords, mais ils servent à quelque chose : ils articulent les deux lieux du tableau. Ce sont des bords et, en tant que tels, ils remplissent la fonction de tout bord, ils…

— Oh là ! Du calme ! Vous parlez si vite que je ne comprends plus rien à ce que vous dites ! Ce sont des bords. D'accord. Calmez-vous !

— Excusez-moi.

— Où voulez-vous en venir ?

— Ces deux lieux n'appartiennent pas à un même espace. Voilà où je veux en venir. Spatialement, ils ne sont pas continus, ils sont contigus. C'est pour ça qu'on ne peut pas « passer » de l'un à l'autre, et c'est aussi pour ça qu'on ne peut pas se représenter, ni *penser*, de façon cohérente, l'unité spatiale de la pièce. En fait, on ne devrait pas dire que la *Vénus d'Urbin* est *dans* un palais parce que l'unité du tableau n'est pas une unité spatiale. Il y a deux lieux, juxtaposés et tenus ensemble par la seule surface du tableau.

— Excusez-moi, mais, là, je pense que vous allez un peu loin. Qu'est-ce que vous faites de la perspective ? Toute l'arrière-salle est construite en perspective. Et Titien lui a même accordé une attention qui est très rare dans l'ensemble de son œuvre. Le dallage en perspective est soigneusement construit et cette perspective géométrique devait donc jouer pour lui un rôle décisif dans la construction du tableau.

— Je suis d'accord.

— Bon. Au moins, là-dessus, nous sommes d'accord. Ouf ! Mais, alors, je vous le demande, cette perspective géométrique, qu'est-ce qu'elle fait, sinon construire une unité spatiale ?

— À mon tour, excusez-moi. Je ne voudrais pas vous froisser mais je pense que c'est un peu plus subtil. La perspective construit bien l'unité du tableau. Mais ce n'est pas une unité spatiale. C'est une unité mentale.

— Là, attention. J'ai peur de ne pas comprendre.

— N'ayez pas peur : ce n'est pas compliqué. Dans ce tableau, la perspective construit bien une unité spatiale. Mais elle est limitée à la salle où se trouvent les servantes. Le lit n'appartient pas au même espace. La perspective est localisée ; elle ne regroupe pas dans une même unité spatiale le lit et la salle. En ce qui concerne l'ensemble du tableau, la perspective joue donc un autre rôle. Elle construit une unité d'un autre ordre, mentale.

— Voyons voir…

— Ce ne sera pas long et je vais parler lentement. Pour construire une perspective régulière, ce n'est pas à vous que je vais l'apprendre, il faut disposer de deux points : le point de fuite — qui correspond à la position de notre regard face au tableau — et le point de distance — qui indique la distance à laquelle nous sommes, en théorie, situés par rapport au tableau et détermine la rapidité de la diminution apparente des grandeurs dans la profondeur. D'accord ? Dans la *Vénus d'Urbin*, le point de fuite des lignes du pavement est placé à l'aplomb de la main gauche de « Vénus » et à la hauteur de son œil gauche. Quant au point de distance, il est situé sur le bord du tableau…

— C'est une technique d'atelier banale à Venise.

— Sans doute. Mais ces deux points nous donnent néanmoins, à vous, à moi, à Guidobaldo, à tout le monde, une place précise et calculée par rapport au tableau…

— Vous n'allez pas prétendre que vous savez

à quelle hauteur le tableau devait être accroché et où il fallait se mettre pour le regarder ?

— Non. Il s'agit seulement d'une place théorique, celle que la géométrie du tableau assigne à son spectateur.

— Vous me rassurez !

— Cette place théorique est essentielle à l'effet du tableau — et à sa pensée, à la pensée que Titien en a eue. Visuellement, nous sommes très proches du corps nu. Celui-ci vient *en avant* de la salle. Regardez les servantes : elles sont minuscules. Celle qui est debout ne mesure même pas la moitié du corps de « Vénus ». Elles ont l'air proches, mais elles sont très lointaines. Ou plutôt, Titien s'est servi de la perspective du fond pour construire une sorte de trompe-l'œil qui fait surgir le corps nu vers nous.

— Jusque-là, ça va. Je vous suis.

— Le point de fuite fixe la hauteur de notre regard par rapport au tableau. Il est situé un peu au-dessus du milieu, à la hauteur de l'œil gauche de « Vénus ». Mais, par rapport à l'espace représenté au fond, c'est un point de vue très rabaissé..

— Rabaissé ? Comment cela ?

— Par rapport à la servante qui est debout, notre œil est à mi-hauteur de ses jambes. Nous sommes donc très bas par rapport à elle. En fait, la position de notre regard est pratiquement à la hauteur de celui de la servante agenouillée, les bras plongés dans le coffre. Vous êtes d'accord ?

— Allez-y…

— Bien. Or, étant donné que le lit a l'air (je dis bien « a l'air ») d'être posé à même le sol, nous sommes supposés être à genoux, au plus près du lit.

— Je vois. Vous allez dire que c'est nous qui avons soulevé le drap en bas à gauche…

— Non. Je ne suis pas fou. Je sais bien qu'une peinture est faite pour être regardée, pas touchée Mais je crois aussi que ce tableau joue sur la dialectique du toucher…

— Dialectique… Je n'aime pas ce mot…

— … et du voir. En fait, nous sommes face au tableau comme la servante agenouillée se trouve, dans le tableau, face au coffre. Elle est le relais de notre position, pas de notre action, je souligne, mais de notre position par rapport au tableau.

— Autant vous le dire : c'est le genre d'élucubrations à la mode que j'abhorre. Aujourd'hui, il faut à tout prix trouver notre relais dans le tableau. Comme si le tableau avait besoin de nous ! Vous êtes, vous et vos collègues, d'une prétention et d'un anachronisme insupportables. Moi, je suis un historien. C'est moins drôle sans doute, mais je ne supporte pas cette appropriation du passé par des idées modernes. Je ne sais pas pourquoi je continue à discuter avec vous. Ou, plutôt, à vous écouter déblatérer indéfiniment sur ce malheureux tableau !

— Restez ! J'ai presque fini.

— Alors, faites vite, je vous prie.

— Ce que je dis simplement, c'est que la construction du tableau nous donne théoriquement — je souligne : *théoriquement* — une position par rapport à Vénus équivalente à celle de la servante par rapport au coffre : très près de la figure et à genoux devant elle. Je sais bien qu'en fait nous sommes debout et à quelque distance. Cette position, c'est un effet produit par le dispositif du tableau.

— C'est fini ?

— Presque. Juste deux conséquences encore. La première, c'est que la salle avec les deux servantes fonctionne comme un « tableau dans le tableau »...

— D'où sortez-vous ça ? Vous ressemblez à un prestidigitateur avec un tas de lapins dans son haut-de-forme...

— C'est un historien italien qui l'a dit, dans les années 1950. J'ai oublié son nom mais il avait raison. L'absence de continuité spatiale entre cette salle et le lit, soulignée par la présence de ces deux « bords » qui vous ont agacé tout à l'heure, font de cette salle une sorte de « tableau dans le tableau ».

— Admettons.

— Or, le fait que nous soyons fictivement — je souligne, *fictivement* — placés devant le tableau comme la servante devant le coffre confirme ce que Chastel a dit, il y a bien longtemps aussi, à propos du « tableau-dans-le-tableau ».

— Appeler André Chastel à la rescousse ! Vous ne manquez pas d'air !

— Je le reconnais. En fait, il ne parle pas de la *Vénus d'Urbin* à ce propos. Mais il a une excellente formule, bien plus osée que tout ce que j'ai dit jusqu'à présent. Pour lui, quand, dans un tableau, le peintre a peint « un tableau dans le tableau », celui-ci présente souvent le « scénario de la production » du tableau où il se trouve.

— Ce n'est pas exactement ce qu'il a écrit. Relisez-le.

— Je sais. Je me sers de ce qu'il a écrit. Pour dire que cette salle avec ces deux servantes donne à voir le scénario selon lequel a été conçu le tableau que nous regardons, la *Vénus d'Urbin*.

— Malheur à moi !

— Que se passe-t-il ?

— Ce qu'il faut entendre ! C'est à n'y rien comprendre !

— On a déjà parlé des *cassoni*, ces coffres de mariage apportés par la promise…

— Oui.

— Vous savez aussi que les premiers nus féminins, présentés en tant que tels, sans contexte narratif particulier, ont été peints, au XVe siècle, à l'intérieur du couvercle de ces coffres…

— Je le sais. Vous n'êtes pas le premier à évoquer ces nus. Kenneth Clark en parle déjà, dans son livre sur le nu. Et Edgar Wind y a fait aussi allusion dans son texte qui commence par une très belle description de la *Vénus d'Urbin*. De vrais savants, eux, qui n'ont pas besoin d'élucubrations abracadabrantes pour interpréter un tableau.

— De vrais savants. Oui. Ils évoquent ces nus dans les coffres mais ils n'en tirent rien en ce qui concerne la *Vénus d'Urbin*. Clark en parle à propos de la *Vénus de Dresde*, qui n'a rien à voir avec eux. Et Wind les évoque en note, sans plus, sans en tirer la moindre idée, tout emberlificoté qu'il est dans ses gloses néoplatoniciennes.

— Et vous ? Qu'est-ce que vous en faites ?

— C'est tout simple. Je dis que, pour répondre à la demande de son client qui veut une peinture de femme nue, en dehors de tout contexte matrimonial…

— Une pin-up…

— Titien va la chercher, cette femme nue, là où elle se trouve. D'abord, la pose générale de la figure, il la prend dans le tableau de Giorgione qu'il a achevé près de trente ans plus tôt. Ensuite, puisqu'il en fait une « Vénus » citadine en la couchant sur un lit qui a l'air d'être dans un palais, il va la chercher à l'intérieur des couvercles des coffres de mariage et il la met, sa femme nue, sur le devant de la scène.

— C'est bien trouvé. Mais je ne sais pas… C'est fragile.

— Attendez. Ce n'est pas un hasard si le pan noir qui est derrière elle reprend la couleur de l'intérieur du couvercle soulevé devant la servante agenouillée. D'ailleurs, la construction d'ensemble du tableau est un peu raide, avec sa juxtaposition brusque des deux lieux. Et cette raideur, j'y vois la trace de l'opération qui a produit le tableau. D'une certaine manière, le tableau est une sorte d'épure, le premier tableau de femme nue couchée, sans aucun prétexte narratif, peint par Titien…

— Sur ce dernier point, je partage assez votre avis. Mais pour d'autres raisons. Vasari dit qu'il s'agit d'une « Vénus jeunette », *una Venere giovi-*

netta, et Giovanni della Casa estime qu'elle a l'air d'une « nonne théatine » si on la compare à la Danaé que Titien peint en 1545. C'est un fait qu'elle n'a pas la chair épanouie des femmes qu'il peindra ensuite. C'est vrai aussi que c'est son premier nu de ce type, couché sur un lit. Il a pourtant près de cinquante ans. C'est sans doute qu'on ne lui en avait jamais commandé auparavant. D'accord également pour la composition un peu raide, intellectuelle. D'ailleurs, il ne la reprendra jamais alors que, dans ses nus suivants, il n'hésitera pas à répéter ses compositions. La radiographie de la *Danaé* a même montré qu'il avait, en cours d'exécution, renoncé à une disposition proche de celle de la *Vénus d'Urbin*. Tout cela est juste : la *Vénus d'Urbin* a une position unique, singulière, dans tout l'œuvre de Titien et je dirais, moi, qu'elle est en quelque sorte la matrice, le creuset de ses nus futurs, qui lui vaudront une gloire européenne. Mais j'ai, quand même, une objection à votre histoire de coffres. Les nus dans les couvercles de coffres, c'est une pratique florentine et, qui plus est, une pratique du XVe siècle, largement passée de mode en 1538. De toute façon, ce n'est pas une pratique vénitienne. À Venise, les coffres ne sont pas peints ; ils sont sculptés de motifs décoratifs, comme ceux qui sont à l'arrière-plan avec les deux servantes. Donc, en ce qui concerne votre prétendu « scénario de la production » de la *Vénus d'Urbin* à partir du coffre, de la servante agenouillée, de notre position théorique par rapport au tableau, etc., votre argument tombe. Allez, tout votre discours est « théorique », en effet. Il n'est même que cela. Vous produisez du discours. Pas du savoir. Or l'histoire n'est pas que du discours, de la théorie.

— Vous avez raison. Je n'ai pas besoin de dire que Titien s'est inspiré des coffres florentins — quoique rien n'interdise de penser qu'il en avait vu, ou qu'il était au courant. Mais peu importe...

— Comment ça, « peu importe » ?

— Je n'en ai pas besoin. C'était juste pour vous faire plaisir, vous qui aimez les faits certifiés. J'ai eu tort. On ne m'y reprendra pas. Mais je n'ai pas besoin de ces coffres florentins...

— Pas besoin ?

— Non. C'est dans le tableau que ça se passe. Ces coffres, horizontaux, avec leurs courbes convexes, font écho aux courbes du corps féminin couché sur le lit. Et ils lui sont associés aussi parce qu'ils contiennent les vêtements de la figure nue au premier plan. Soit dit en passant : on ne devrait pas dire que la *Vénus d'Urbin* est « nue » : elle est « déshabillée »...

— Belle découverte ! Vous vous moquez de moi ?

— Pas du tout. La *Vénus d'Urbin* n'est pas le premier nu féminin de la peinture européenne. Mais ce pourrait bien être la première peinture d'une femme déshabillée. Présentée comme telle, et consciente de l'être. Comme disent les Anglais, elle est moins *nude* que *naked*, moins nue que dénudée. Elle le sait mais n'en éprouve aucune mauvaise conscience. Elle ne connaît pas ce sentiment de honte qui fait toute la différence entre la nudité d'avant et celle d'après le Péché originel, un sentiment qui devrait tourmenter tout bon chrétien…

— Vous divaguez.

— Pas tellement mais, soit, revenons à nos moutons. En plaçant à ce point au premier plan ce corps féminin dénudé et en signalant à l'arrière-plan les servantes qui s'affairent avec les vêtements du coffre, Titien suggère qu'il fait voir ce que le contenu du coffre a pour fonction de cacher. Et pas besoin de souligner que ces coffres de mariage étaient des objets typiquement féminins. J'aurais presque envie de dire que cette femme est comme sortie nue du coffre, et ce n'est pas un hasard si les courbes du coffre et du corps se font formellement écho.

— La femme comme coffre, le coffre comme femme !

— Je n'ai pas dit cela !

— Si vous trouvez un seul texte qui appuie votre... je ne sais pas comment l'appeler... votre thèse, je veux bien être pendu !

— Ne pariez pas ! Il doit bien en exister un quelque part. D'ailleurs, vous savez comment on appelait à Venise ces coffres sculptés ? On les appelait des « coffres en sarcophage » ; vous ne trouvez pas que c'est un drôle de nom pour un coffre de jeune mariée ?

— La femme sarcophage ! La femme mangeuse de chair ! Vous vous rendez compte de ce que vous dites ?

— C'est vous qui l'avez dit.

— C'est ça. Il ne vous reste plus qu'à m'attribuer vos délires.

— Je m'en garderais bien. On vous connaît. Personne ne me croirait.

— Et on aurait raison. Car je vais vous dire, moi, ce que je pense de tous vos discours. Ce n'est pas la figure qui se masturbe, c'est vous ! De la masturbation intellectuelle, voilà ce que vous faites ! Vous cherchez midi à quatorze heures et compliquez inutilement quelque chose de simple.

— Oui ?

— Oui. La *Vénus d'Urbin* est un tableau érotique, dont l'invitation sexuelle est claire. Les coffres ne sont pas nécessairement des allusions au mariage, ni même à la relation matrimoniale en général. Quant au modèle, il avait déjà été peint par Titien et le tableau sera copié pour d'autres clients. En fait, cette femme nue joue, en peinture, le même rôle qu'une courtisane dans la réalité : elle passe sans sourciller d'un client à un autre. Je persiste et je signe : ce n'est rien d'autre qu'une pin-up. Tous vos beaux discours ne m'ont pas fait changer d'avis.

— Passons pour la pin-up. Je désespère de vous faire renoncer à ce mot. Mais admettez que, si pin-up il y a, Titien l'a mise en scène d'une façon un peu particulière. On ne va pas tout recommencer depuis le début mais, vous qui aimez les choses claires et nettes, vous êtes d'accord que le lit et la salle n'appartiennent pas au même espace, que Panofsky se trompe quand il parle de « bord de rideau » et de « bord de pavement ».

— Admettons. Mais vous allez trop loin dans tout ce que vous tirez de ces détails.

— Soit. On va essayer de la prendre par un autre bout, votre pin-up.

— Attention à ce que vous faites.

— Le geste de sa main gauche ?

— Oui ?

— C'est le même que celui de la *Vénus de Dresde* ?

— Oui.

— Mais il a changé de sens

— Peut-être.

— Sûrement.

— Pourquoi ?

— Chez Giorgione, elle dort. Son geste est inconscient. Elle rêve peut-être. Ici, elle est bien éveillée ; elle sait ce qu'elle fait et elle nous regarde.

— Soit.

— Donc, elle nous regarde et elle se touche.

— Ne soyez pas vulgaire, s'il vous plaît.

— Il faut appeler une chatte une chatte. C'est vous qui le disiez. Donc, elle nous regarde et elle se touche, dans l'attente d'être touchée.

— Vous êtes fou !

— Non. Je m'en tiens à la fiction du tableau.

— Ah ?

— Oui. Si elle se touche, c'est dans l'attente d'être pénétrée et, espérons-le, fécondée.

— Soit.

— Mais nous... enfin je veux dire le destinataire du tableau, Guidobaldo della Rovere, aurait été fou s'il s'était mis à faire l'amour avec ce tableau.

— C'était déjà arrivé. L'histoire de Pline et du jeune homme fou de désir pour la *Vénus de Cnide* au point d'y laisser, de nuit, la trace, la tache de sa jouissance…

— Je suis ravi de ce rapprochement. Vous êtes impeccable. Mis à part que la *Vénus de Cnide* était une statue, justement, pas une peinture, vous avez tout compris. On va finir par tomber d'accord.

— Ça m'étonnerait.

— Si, si. Vous êtes d'accord que ni Titien ni Guidobaldo n'étaient fous.

— J'en conviens.

— Donc, ce tableau qui nous invite à toucher cette femme nue nous maintient aussi en position de devoir seulement la regarder. Sinon, nous serions fous.

— D'accord.

— Donc, ce tableau qui donne envie de toucher oblige à se contenter de regarder.

— Heureusement.

— Bien sûr. Mais il ne s'agit pas seulement de pulsion scopique…

— Qu'est-ce que c'est ?

— Peu importe.

— Décidément, il y a beaucoup de choses qui vous importent peu. Ça devient troublant.

— L'important, ce qui fait de la *Vénus d'Urbin* un tableau exceptionnel, c'est qu'il met en scène ce qui a constitué l'érotique même de la peinture classique…

— Rien que ça ?

— … passer du toucher au voir, substituer le voir au toucher, faire du voir un quasi-toucher mais, pour voir, ne pas toucher. Voir, seulement voir. Et je pense que, si ce tableau a intéressé Manet, c'est parce qu'il soulignait cette relation exclusive de regard en exhibant, sur le devant du tableau, une figure qui, elle, voit et se touche. Vous avez lu Michael Fried ?

— En voilà un autre ! Qu'est-ce qu'il vient faire là ? Que je sache, il n'a rien écrit sur la Renaissance. Pourquoi voulez-vous que je le lise ? Quel rapport avec la *Vénus d'Urbin* ?

— *Olympia* et le regard de Manet sur le tableau de Titien.

— Nous y voilà !

— Oui. Nous y voilà. D'après Fried, dans les années 1860, Manet travaille sur la « convention primordiale » de la peinture : un tableau est fait pour être regardé.

— Dire qu'il aura fallu attendre un prophète du Nouveau Monde pour découvrir cette lapalissade ! Vraiment…

— N'ironisez pas trop vite. Ce que dit Fried, c'est que Manet veut transformer le théâtre de la peinture. Il renonce à la théâtralité classique, fondée sur la mise en scène perspective et le sujet littéraire. Il cherche une théâtralité fondée seulement sur la peinture. D'après Fried, Manet cherche à faire des tableaux qui se contentent de se présenter au spectateur, de les regarder. Il s'efforce, je cite Fried, de faire en sorte que chaque portion de la surface regarde le spectateur en face. C'est ce qu'il appelle la (ou le) *facingness* de la peinture de Manet.

— Bonne chance à la traductrice !

— Oui, bonne chance... Et cette *facingness*, ce face-à-face de la peinture et de ses spectateurs, c'est la naissance de la modernité.

— Admettons. Ce n'est pas mon domaine. Quel rapport avec Titien ?

— On y vient. Fried estime aussi que cette recherche trouve un support particulièrement adapté dans le nu érotique classique. Parce que ce nu suppose un sujet qui s'offre, plus ostensiblement qu'aucun autre, comme objet de regard pour un public masculin...

— Une pin-up ! J'avais raison.

— Passons.

— Et Titien dans tout cela ?

— J'y arrive. Fried n'en parle pas. Mais, après ce qu'on vient de dire sur la *Vénus d'Urbin*, il permet de comprendre ce que Manet a pu voir dans le tableau et, du coup, de mieux comprendre le travail de Titien.

— Ce n'est qu'un tour de passe-passe. Ce n'est pas de l'histoire…

— Une seule question : la *Vénus d'Urbin*, où est-elle ?

— À Florence, aux Offices.

— Je veux dire, la figure de « Vénus », où est-elle, si elle n'est pas *dans* un palais ?

— Belle question ! Elle est dans le tableau, pardi.

— Allons, ne vous moquez pas de moi. Elle n'est pas *dans* le tableau. Vous savez bien qu'un tableau n'a pas d'intérieur. On n'entre pas dans un tableau…

— D'accord. Elle est *sur* le tableau. Et alors ?

— On brûle ! Ça veut dire quoi « sur le tableau » ?

— Ça veut dire « sur le tableau ».

— On refroidit. Posons la question autrement : dans quel espace est-elle ?

— Celui du tableau.

— Pas vraiment, puisque l'espace du tableau,

c'est celui qui est déterminé par la perspective, et on a vu que le lit n'en faisait pas partie.

— Vous y tenez !

— Oui. Parce que c'est la base de l'effet de la *Vénus d'Urbin* et de ce que Manet y a vu.

— Allez-y. Où est-elle ? Finissons-en !

— La « Vénus » occupe un lieu précis, celui du lit, situé entre deux espaces clairement définis et conjoints : l'espace fictif de la salle aux servantes et l'espace réel de la salle d'où nous regardons le tableau. Mais le *lieu* du lit échappe à ces deux espaces. Il occupe un « entre deux espaces »...

— Vous ne pourriez pas m'éviter un jargon aussi désagréable ?

— Disons que le lieu du lit, mais je pourrais dire aussi le lit comme lieu (du corps nu) se trouve entre deux espaces...

— Je préfère.

— ... et ce lieu, ce lit ne sont rien d'autre que la surface de la toile d'où...

— Tiens, vous me faites penser que, dès le XVIIe siècle, Boschini parlait de « lit » à propos des couches de peinture dont Titien enduisait ses tableaux avant de peindre.

— Je prends ! C'est encore mieux. Dans la *Vénus d'Urbin*, le lit de « Vénus » représente ce lit, cette surface de peinture d'où surgit, toute proche, la femme nue et d'où elle nous regarde. Et là, je pense à Benjamin et sa définition de l'*aura*, « apparition unique d'un lointain ».

— Oh là ! Oh là ! Qu'est-ce que c'est que ça, encore ?

— Je passe. Revenons au tableau. La femme nous regarde depuis la surface du tableau et elle nous regarde en face : où que vous soyez, vous êtes sous son regard. Comme le dit à peu près Fried, sans penser à Titien mais à Manet, elle nous met sous l'empire de son regard, un regard fixe et dominateur. Voilà ce qu'a vu Manet. Et c'est ce qu'il a transformé. Chez lui, c'est toute la surface qui regarde le spectateur en face : la servante vient vers l'avant depuis un fond opaque, le chien endormi est devenu un chat…

— Ou une chatte…

— … tourné agressivement vers le spectateur.

— Ça, c'est de l'anecdote.

— Oui, des anecdotes qui donnent figure au principe général du tableau : construire une surface qui regarde le spectateur. Manet a annulé toute perspective. Le tableau n'a aucune profondeur. Il est toute surface, et ce parti est confirmé par une minuscule transformation. Minuscule et décisive. Manet a soigneusement défait la relation directe que Titien avait installée entre la position de notre regard, le sexe de la femme et la profondeur...

— Laquelle ? Celle du tableau ou celle du sexe ?

— À vous de voir. Chez Titien, la perspective plaçait notre regard à l'aplomb exact de la main qui caresse le sexe, et cette position était soulignée par la ligne verticale indiquant le bord du pan noir qui se découpe sur la profondeur de la salle. Manet a défait cette condensation. Il a peint, lui aussi, pratiquement au même endroit, une bande verticale. Mais cette bande a glissé vers la droite, elle n'indique plus le sexe. Manet a « étalé » sur la surface ce que Titien avait condensé à l'articulation entre surface et profondeur. Il a rabattu la profondeur sur la surface. C'est toute la peinture qui nous fait face. Ce n'est plus la position de notre regard qui détermine la structure interne du tableau et notre relation avec lui. Fried a raison. Une forme de la modernité est née.

— Admettons. Passons pour Manet. Je vous ai écouté sans rien dire. Ce n'est pas mon domaine. Mais, pour Titien, franchement, à quoi bon tout ce que vous dites ?

— Vous ne le voyez pas ?

— Non. Admettons que Manet se soit approprié Titien comme vous le dites. Admettons aussi qu'il ait vu dans son tableau ce que vous dites qu'il y a vu. Pourquoi pas ? Mais en quoi cela concerne-t-il Titien ? Qu'est-ce que cela apporte à la compréhension de son tableau ? Historiquement, je ne le vois pas.

— Il y a différentes façons d'être historien.

— Vous croyez ?

— Je dirais d'abord, autre lapalissade selon vous, que la façon dont Manet s'est approprié Titien indique que son tableau était susceptible d'une telle appropriation, qu'il contenait, potentiellement, ce que Manet y a vu — et cela confirme, à un autre registre, son caractère d'*épure*. La *Vénus d'Urbin* a bien été, comme vous le disiez, une *matrice* du nu féminin. Mais elle ne l'a pas été seulement dans l'œuvre de Titien ; elle l'a été aussi pour la révolution qu'a introduite Manet dans ce nu féminin. Du même coup, la transformation de la *Vénus d'Urbin* en *Olympia* fait percevoir comment Titien fabriquait, à son insu peut-être, ce qui sera, pour plusieurs siècles, le ressort d'une véritable érotique de la peinture classique. C'est aussi cette érotique que défait Manet. Pas une érotique de la pin-up. Une érotique de la peinture

— Comme vous y allez !

— Oui.

— Et comment cela ?

— Manet n'a pas seulement « aplati » le tableau

de Titien ; il a annulé la relation érotique que ce tableau instaurait avec son spectateur.

— D'accord, mais en quoi cela éclaire-t-il sur l'érotique de Titien ?

— Revenons à la main gauche.

— Laquelle ?

— Celle d'*Olympia*, regardez-la. Elle ne caresse plus le sexe ; elle est posée sur la cuisse, fermement, face au spectateur. Elle cache, mieux : elle barre l'entrée. Olympia nous regarde, mais elle ne se « touche » pas. Chez Titien...

— Vous l'avez déjà dit et répété : elle se touche et nous regarde, elle nous regarde et elle se touche, etc.

— Oui. Et j'ai dit aussi, vous en étiez même d'accord, que par ce geste elle nous indique que nous ne pouvons, nous, que la regarder, à moins d'être fous.

— D'accord, mais tout cela est très banal. C'est une peinture, après tout. Comme dit l'autre, elle est faite pour être regardée et je ne vois pas en quoi cela fait de la *Vénus d'Urbin* une matrice ou une épure de l'érotique de la peinture classique. Une fois de plus, vous exagérez. Vous aimez raisonner, déduire. Vous vous faites plaisir. C'est tout.

— Le moyen de chasser ce qui fait du plaisir ?

Soyons sérieux. Ce qui m'autorise à le dire, c'est le rôle que joue la perspective dans le tableau. Vous êtes toujours d'accord que, de ce point de vue aussi, la *Vénus d'Urbin* est exceptionnelle dans l'œuvre de Titien ?

— Oui. Mais quel rapport avec l'érotique de la peinture ?

— Vous allez être mécontent, une fois de plus.

— Je vous promets de rester calme.

— Vous vous rappelez Alberti ? Bon. Vous vous rappelez alors qu'il a fait de Narcisse l'inventeur de la peinture.

— Il dit qu'il reprend la « sentence des poètes ».

— Il le dit. Mais on n'a pas encore trouvé les poètes en question. À mon avis, ils n'existent pas. D'ailleurs il dit cela « entre amis ». C'est un propos privé. Pas un propos savant. En fait, c'est une fantaisie, une invention à lui. Mais elle n'est pas gratuite. Elle s'accorde avec ce qu'il déclare juste après : il ne fait pas, comme Pline, une histoire de la peinture, mais un examen critique très nouveau de la peinture, bref, il fonde un nouvel art de peindre.

— *Avanti ! Per favore !*

— Ce nouvel art, vous êtes d'accord que son fondement, c'est la perspective ? Bon. Ainsi, Alberti invente à la fois la perspective comme base de la peinture et Narcisse comme inventeur de la peinture. Autrement dit, il fait de Narcisse l'inventeur de la perspective en peinture, de la peinture en perspective.

— Beau raisonnement, rien de plus.

— Ne soyez pas de mauvaise foi. La relation entre Narcisse et la perspective se fait évidemment à travers le miroir : le miroir de la fontaine où se regarde Narcisse et le plan de la représentation comme miroir du monde.

— Je sais, je sais : « La peinture est-elle autre chose que l'art d'embrasser ainsi la surface d'une fontaine ? »

— Vous ne la trouvez pas bizarre, cette phrase ?

— Non. Qu'est-ce qu'elle a ?

— Tout de même, le terme d'« embrasser » la surface de la fontaine est bizarre.

— Bizarre ? Qu'est-ce qu'il a de bizarre ? Alberti savait ce qu'il écrivait.

— Justement. Le mot a l'air naturel mais il est très choisi. Il fait allusion d'abord au bras, c'est-à-dire, comme il l'a écrit dans son Livre I, à la mesure de base de toute la construction perspective du tableau. Mais il dit aussi directement ce qu'il dit, ce terme : « embrasser », prendre dans ses bras, toucher corps à corps, et même donner des baisers.

— Pas en italien : embrasser, c'est *abbraciare* ; donner des baisers, *baciare*.

— Exact.

— Et puis, précisément, embrasser, c'est ce que refuse de faire Narcisse avec Écho…

— Et c'est aussi ce qu'il ne peut pas faire avec sa propre image reflétée dans le miroir de la fontaine. Il ne peut ni la toucher ni la baiser. Alors, il la perd, elle se perd. Narcisse est l'inventeur de la peinture parce qu'il suscite une image qu'il désire et qu'il ne peut ni ne doit toucher. Il est sans cesse pris entre le désir de l'embrasser, cette image, et la nécessité de se tenir à distance pour pouvoir la voir. C'est ça, l'érotique de la peinture qu'invente Alberti, et c'est elle que Titien met en scène dans la *Vénus d'Urbin*.

— C'est amusant ce que vous dites. Ça me fait penser à un passage des *Dialogues d'amour* de Speroni. C'est encore la grande courtisane, Tullia d'Aragon, qui parle. Elle se demande pourquoi les amants sont toujours partagés entre le désir de voir et le désir de toucher ; pourquoi, quand ils se tiennent embrassés, ils se reculent un peu et arrêtent de se toucher pour se voir ; et pourquoi, à peine se sont-ils vus, ils recommencent à s'embrasser et à se tenir serrés l'un contre l'autre. C'est un texte très charmant.

— Il en a l'air.

— Dans le fond, en donnant cette importance à la perspective dans la dynamique érotique du tableau...

— Tiens, vous commencez à parler comme moi...

— Vous reprenez l'argument de cette Américaine qui parle d'« insert perspectif » dans la *Vénus d'Urbin* et qui y voit une sorte d'emblème du déplacement du toucher vers le voir propre au dispositif d'Alberti.

— Mary Pardo ? Tout à fait. Ce qu'elle écrit est très bien et je regrette presque de ne pas y avoir pensé plus tôt, ou tout seul. C'est exactement ce déplacement, ce retrait du toucher pour le voir que la *Vénus d'Urbin* nous impose par sa mise en scène. La servante agenouillée touche mais n'y voit rien, nous voyons mais nous ne pouvons pas toucher et, pourtant, la figure nous voit et se touche...

— Une pin-up. C'est exactement ce que je vous disais. Une pin-up.

— Oh, Charles ! J'y renonce. C'est sans espoir. Vous ne voulez rien voir

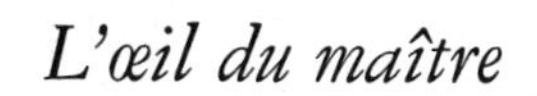

L'œil du maître

Les Ménines ! Encore ? Non ! Non ! Par pitié ! Ça suffit, avec *Les Ménines* ! On a tout dit sur elles ! Tout et rien ? D'accord, mais quand même, maintenant, ça commence à bien faire

Ça fait même exactement trente-trois ans, l'âge du Christ comme ils disent, qu'on nous en rebat les oreilles, de ces *Ménines*. Depuis que le grand Foucault a trouvé bon d'en faire la préface de ses Mots et de ses Choses, en 1966, c'est incroyable à quel point toutes les unes et tous les autres y sont allés de leur couplet. Pour y voir plus clair, on a même publié une sélection des textes consacrés au tableau. Mais ce n'est rien à côté de la masse de ce qui a été écrit. Il y a eu les sérieux et les sérieuses, qui pour contredire, qui pour confirmer, approfondir ou nuancer. Il y a eu aussi les niaiseux (tu l'aimes bien, ce mot québécois) qui ont fait comme si Foucault n'existait pas, comme si sa préface n'avait pas dorénavant changé, informé, notre regard. Et puis, tout récemment, il y a eu la conservatrice du Prado qui a remarqué une petite tache blanche sur la dentelle de la naine et vu l'anneau d'or effacé qu'elle tenait jadis entre le pouce et l'index de la main gauche. Mazette ! Sacrée découverte ! À force d'analyses techniques et de radiographies, elle en tire une interprétation politique, dynastique, radicalement neuve. Une vraie révolution ! Le pire, tu le sais bien, c'est qu'elle pourrait avoir raison ! Les autres n'auraient plus qu'à aller se coucher.

Alors qu'est-ce que tu viens faire dans cette galère ? Qu'est-ce que tu veux nous dire, encore ? On a tout interprété du tableau, même ce qu'on n'y voit pas. On sait tout ce qu'on peut en savoir. Ses dimensions, sa technique, sa date — ou plutôt ses dates, puisque Velázquez y est revenu pour y peindre sa Légion d'honneur, la croix de Santiago que lui accorde le roi deux ans après le chef-d'œuvre (à moins qu'il n'ait carrément repeint toute la partie gauche et se soit rajouté, tout entier, à ce moment-là). On connaît le nom et les fonctions des personnages représentés. On sait la salle du palais où la toile a été peinte et qu'elle représente. On a même identifié les tableaux invisibles qu'on y voit : pas seulement ceux qui nous font face, mais aussi ceux qu'on voit de profil. Bref, on sait tout et on a tout imaginé sur ce tableau, pour le meilleur et pour le pire. Honnêtement, qu'est-ce que tu veux encore ajouter ? Laisse-le tranquille, ce tableau ! Laisse-le se reposer, un peu. Qu'on le regarde, qu'on ait une petite chance de le voir.

Rien à faire. Il faut que tu y reviennes. D'accord, ce qui te tracasse, c'est, justement, dans ces déclarations accumulées et ces interprétations entrecroisées et péremptoires, la distance apparemment infranchissable, le désaccord inconciliable entre les historiens et les théoriciens, philosophes ou autres sémiologues. Ces derniers ne tiennent en général aucun compte des considérations des premiers, qu'ils jugent d'étroits positivistes. Quant aux historiens, n'en parlons pas : le plus ouvert d'entre eux, le plus disponible aux propositions théoriques, ne peut pas faire mieux que les considérer « intrinsèquement » intéressantes. « Intrinsèquement », c'est-à-dire en elles-mêmes mais pas en ce qui concerne leur objet, le tableau accroché aux cimaises du Prado. Ça t'embête. Tu as beau te sentir historien, tu aimes bien la théorie et les théoriciens. Ils pensent, eux, et ils aident à penser. Tu te demandes : comment les trésors de dialectique et de subtilité prodigués par les théoriciens peuvent-ils laisser indifférents les historiens professionnels ? Leur réponse, tu la connais : ils ont horreur de l'anachronisme. Ils n'ont pas tout à fait tort. En général, les analyses théoriques du tableau ne se préoccupent guère de leur propre pertinence historique. Et toi, l'anachronisme a plutôt tendance à te gêner ; quand il est pratiqué sans autre forme de procès, il t'en apprend souvent plus sur l'interprète que sur l'objet interprété. Cela dit, tu as fini par comprendre qu'il est inévitable, cet anachronisme, même pour l'historien. On ne retrouvera jamais « l'œil du Quattrocento », comme a été (mal) traduit le titre de Baxandall qui disait plus précisément, en anglais, « Peinture et expérience au Quattrocento ». Maintenant, plutôt que de prétendre en vain fuir l'anachronisme comme la peste, tu es convaincu qu'il vaut mieux, quand c'est possible, le contrôler pour le faire fructifier. Consciemment, délibérément. Après tout, comme l'a justement, mais un peu vaguement, écrit un des grands historiens de Velázquez, le temps n'épuise pas *Les Ménines*, il les « enrichit ».

D'ailleurs, et là tu as sûrement raison, s'il y a un tableau à propos duquel les historiens purs et durs ne peuvent pas se contenter de rejeter l'anachronisme des approches « théoriques », c'est bien celui-là. On n'a pas attendu Foucault pour théoriser le tableau : dès 1692, Luca Giordano, surnommé *Luca fa presto* pour sa rapidité d'exécution et grand admirateur de la touche de Velázquez, aurait déclaré : « C'est la théologie de la peinture ! » C'est Palomino, le biographe de Velázquez, qui rapporte le mot et il s'empresse d'expliquer cette formule inattendue. Ce que voulait dire l'Italien serait tout simple : de même que la théologie est la plus haute des sciences, de même *Les Ménines* est la plus grande des peintures. L'explication est évidemment un peu courte. D'après toi, en parlant de « théologie de la peinture », l'Italien entendait plutôt dire que, dans ce tableau, il se manifestait quelque chose de la « divinité » de la peinture, de cette *deità* que Léonard attribuait à la « science divine » de la peinture. Et, pour Giordano, il ne s'agissait pas seulement du brio de la touche. Si cette formule lui est venue à l'esprit, c'était, déjà, à cause du fameux miroir qui a déclenché l'interprétation de Foucault et de ce qui s'y reflète : les silhouettes du roi et de la reine — le roi, c'est-à-dire pas n'importe quel « sujet », mais le monarque, le « sujet absolu ».

Tu vas plus loin. Même un historien ne peut plus snober ces interprétations accumulées. Désormais, elles font partie de l'histoire du tableau. Tu te demandes d'ailleurs par quelle perversion de l'intelligence certains historiens et conservateurs tiennent absolument à préserver les traces matérielles que l'histoire a laissées sur les œuvres — au point parfois de les défigurer ; tu penses aux « braguettes » vergogneuses qu'on a appliquées aux nus de Michel-Ange à la Sixtine et que, grâce à Dieu mais surtout au pape, comme toujours, on s'est gardé de déboutonner lors de la dernière restauration —, alors qu'ils tiennent, tout aussi farouchement, à effacer tout souvenir des traces mentales que l'histoire des regards a déposées sur ces œuvres, dans nos mémoires. Toi, au contraire, tu voudrais comprendre comment un tableau historiquement déterminé — réalisé et regardé dans telles et telles conditions matérielles et culturelles — a pu produire des effets imprévus, imprévisibles et même impensables pour son auteur et ses destinataires. Ce que tu voudrais, c'est comprendre comment ce tableau a pu susciter ces effets « anachroniques » sans contredire ce que tu peux savoir ou reconstituer des conditions dans lesquelles il a été conçu. Tu insistes : ce n'est pas l'anachronisme de l'interprétation de Foucault qui te gêne — au contraire, c'est cet anachronisme qui lui a donné son efficacité, qui lui a permis d'ouvrir de nouvelles questions, de nous faire mieux regarder le tableau et, pour beaucoup, de nous le faire voir. Ce qui te laisse insatisfait, c'est la façon dont le philosophe ne s'est pas préoccupé d'articuler son interprétation aux conditions dans lesquelles le tableau a été jadis, à la fin des années 1650, peint et regardé. Quand il écrit, par exemple, qu'« il nous faut donc feindre de ne pas savoir qui se reflétera au fond de la glace, et interroger ce reflet au ras de son existence », Foucault fait délibérément reposer son interprétation sur une fiction — une fiction particulièrement arbitraire car personne n'aurait eu l'idée, en 1656, de feindre ne pas savoir qui se reflétait là. Tu enfonces le clou. On en aurait d'autant moins eu l'idée que, malgré ses grandes dimensions, ce tableau était un tableau *privé*, pire encore, un tableau destiné à un seul spectateur, le roi soi-même, puisqu'il était accroché, dès 1666, dans son « bureau d'été » et qu'il y est resté jusqu'en 1736. En fait, Foucault démocratise le tableau, il le *républicanise*. Son analyse repose sur des conditions muséales de présentation, de perception et de réception. Il s'approprie *Les Ménines*. Il a le droit, bien sûr. Comme l'artiste. Il en a même peut-être, philosophiquement, le devoir.

Mais, toi, tu as envie d'interroger ce reflet au ras de son existence *historique*. Il ne s'agit ni de contredire Foucault, ni de le « sauver ». Il n'en a pas besoin. Il s'agit de confronter son analyse, « intrinsèquement intéressante », à ce qu'a pu être la conception du tableau, le concept qui l'habite, tels qu'on peut s'en faire une idée à partir des conditions historiques de sa production. Tu auras réussi si tu comprends comment, dès lors qu'il n'était plus perçu dans les conditions historiquement prévues, ce tableau a pu de lui-même, à partir de son propre dispositif, susciter des interprétations anachroniques. Tu t'attends à des surprises. Alors, plus question de t'arrêter. Allons-y.

Donc, pour reconstruire la conception des *Ménines*, partir du fait que c'est une commande royale. Ce n'est certainement pas Velázquez qui a pris sur lui, un beau jour, de peindre cette grande toile pour faire une surprise à son roi. Ce n'était le genre ni de Diego, ni de Philippe IV, ni de la cour d'Espagne. Évidemment, c'est Philippe IV (la reine Marianne, qui était aussi sa nièce, c'est peu probable) qui en a passé commande à son peintre, en 1656. On peut se faire une idée de ce que le roi avait en tête grâce au nom du tableau dans les collections royales : jusqu'en 1843, où elles reçoivent le nom qui est maintenant le leur, *Les Ménines* s'appelaient *Le Tableau de la Famille* (« *El cuadro de la Familla* »). Une chose est sûre : ce n'est pas un nom ordinaire. Dès le début, c'était un tableau à part, hors catégorie, qui avait pour thème la famille royale — entendue à la fois comme la famille par le sang, avec l'infante Marguerite qui, l'œil gauche sur l'axe central du tableau, regarde vers ses parents dont nous voyons le reflet dans le miroir, et la famille élargie aux familiers de l'infante (ces *meninas* ou suivantes qui l'entourent) et aux familiers du couple royal, représentés en particulier par les deux Velázquez : Diego en train de peindre, qui est alors *aposentador* du roi (c'est-à-dire plus ou moins son maréchal du palais ou grand chambellan), et José Nieto, *aposentador* de la reine, qui, au fond, apparaît au-delà de la pièce, à travers la porte ouverte. Dans le fond, tu es prêt à tomber d'accord avec l'interprétation dynastique du tableau, qui désignerait l'infante comme héritière du trône — avant la naissance, en 1657, de l'infant Philippe Prosper. Tu admets même que les retouches, abondantes surtout dans la zone qu'occupe Velázquez et le grand châssis, correspondent sans doute à une reprise radicale du tableau, effectuée en 1659 et rendue nécessaire par la naissance de l'héritier mâle. L'interprétation dynastique te plaît. Elle est vraisemblable et tu sens qu'à un moment ou à un autre, tu devras bien en tenir compte ou la confronter à tes propres hypothèses.

Pourtant, malgré les radiographies, on ne saura jamais vraiment comment se présentait le tableau avant ces retouches. Déjà, déchiffrer ce qui se voit est délicat ; alors, interpréter ce qu'on ne voit pas ou très mal, c'est de la haute voltige : malgré tout l'appareil documentaire et technique dont elle s'entoure, la conservatrice du Prado n'y va pas de main morte pour affirmer ses idées et tu sens que, là aussi, l'interprétation est travaillée par le désir de l'interprète. De toute façon, toi, ce qui t'intéresse, c'est le tableau tel qu'on l'a vu depuis 1659, tel qu'il a existé dans l'histoire jusqu'à aujourd'hui.

Tu reviens donc à ton point de départ : il s'agit d'une commande. Le roi a demandé à son *aposentador* de lui peindre sa « famille » au sens large, et le peintre s'est exécuté. Il s'exécute même si bien que, pour une fois, les spécialistes ne se disputent pas pour reconnaître les personnages et leur donner sans hésiter leur nom — sauf pour le bon gros chien-chien du premier plan et le troisième homme, difficile à reconnaître dans l'ombre, au-dessus de la naine Mari Barbola. La conception du *Tableau de la Famille* dépend évidemment du fait que c'est une œuvre de commande. D'abord, ce n'est pas un portrait *officiel* de l'infante Marguerite, même entourée de ses suivantes. Son portrait officiel, Velázquez l'a peint la même année, en 1656 la petite fille de cinq ans y est toute seule, bien droite dans sa robe bien raide. Elle a le même habit et la même pose (inversée) dans le tableau de famille mais, là, cette raideur de commande est corrigée par les mouvements qui l'entourent, jusqu'au coup de pied que Nicolasito, le petit nain, donne au chien-chien. Comme le montre sa mise en scène et comme le disait plus clairement son titre ancien, c'est un portrait *privé* de l'infante, de ses familiers et des familiers royaux. Tu soulignes · ce caractère privé se marque dans la présentation « informelle » des neuf figures — jusqu'au chien qui essaie de dormir, alors que, dans les portraits officiels, les chiens de Velázquez ont toujours les yeux ouverts, même quand ils sont couchés. Bref, le roi a bel et bien commandé à son peintre un tableau à part, *Le Tableau de la Famille*, et, à ton avis, Palomino savait ce qu'il disait quand il écrivait que c'était un *capricho*, un caprice, une œuvre de fantaisie.

À y réfléchir, le mot te paraît très significatif. Si *capricho* il y a, il se manifeste avec un éclat particulier dans la présentation du couple royal sous l'aspect de ce reflet diffus dans le miroir. Une telle présentation était proprement impensable sans l'accord royal et en dehors de cette conception « capricieuse ». (Apparemment, au moment même où ils étaient fascinés par ce miroir, historiens et théoriciens ont oublié qu'il s'agissait d'un *capri-*

cho.) Mieux, tu penses que ce reflet est la pointe la plus brillante du *concetto* du tableau, un *concetto* vraisemblablement proposé par le peintre à son roi et accepté par celui-ci. Or, sans penser encore aux effets imprévus de ce reflet dans l'histoire, celui-ci constituait en 1656 un hommage raffiné au roi, l'hommage du grand courtisan qu'était effectivement Velázquez. Mieux qu'un double portrait accroché en cet endroit, le miroir faisait du couple royal l'origine et la fin du tableau, sa source — puisque le peintre est supposé les peindre — et sa destination — puisque les figures peintes ont le regard tourné vers leur présence, supposée par leur reflet dans le miroir. L'idée est simple, brillante et, surtout, elle ne demande pas une profonde réflexion intellectuelle. Or, pour interpréter le tableau, tu ne voudrais surtout pas transformer Velázquez en intellectuel de la peinture. Rien n'indique que c'était le cas. Aucun traité de Velázquez, aucune lettre de sa main, aucun propos rapporté par des témoins ne permet de supposer qu'il aurait été une sorte de « Poussin espagnol ». Loin de là Mais tu sais aussi qu'il avait une bibliothèque de cent cinquante-six volumes, chiffre absolument considérable alors — surtout chez un peintre. Et, dans cette masse, la théorie de l'art était abondamment représentée, autant italienne qu'espagnole. Sans doute, il n'avait pas besoin d'écrire pour penser en peintre et réaliser, pinceaux à la main, une théologie de la peinture. Pour lui, peut-être, « au début était le pinceau ». Et tu ajoutes : le pinceau courtisan. Car, si c'est bien le reflet dans le miroir qui a suscité les méditations sur le tableau, les tiennes y compris, il avait originellement pour fonction d'être la pointe d'un *capricho* à la gloire du monarque.

Tu tournes en rond. Avance !

Tu prends donc la chose par un autre bout. En esquissant dans le miroir le double portrait royal, Velázquez a ébauché un bref récit, dont le caractère fictif ne pouvait faire alors aucun doute. Cette fiction narrative, tu la formules en ces termes : « Alors que le peintre du roi peignait dans son atelier le double portrait du roi et de la reine, l'infante Marguerite est descendue voir ses parents, accompagnée de ses suivantes. C'est ce moment, familial et privé, que le peintre a peint et met devant vos yeux. »

Et alors ? Eh bien, d'abord, cette fiction a été assez efficace, la chose t'amuse, pour que certains historiens modernes s'y laissent prendre. L'un d'entre eux a ainsi cherché, dans les archives du palais, la trace d'un « double portrait royal » que

Velázquez aurait effectivement peint. Peine perdue : ce double portrait n'existe pas, il n'a jamais existé pour la bonne et simple raison que le « genre » lui-même n'existait pas. Si Philippe IV avait voulu un double portrait royal, il aurait commandé un « double portrait », c'est-à-dire deux portraits « en pendant » — à la façon peut-être du double portrait en pied ou du double portrait équestre peints au début des années 1630. D'autres, férus de géométrie et de perspective, ont voulu, le compas à la main, démontrer que le miroir reflétait ce qu'était en train de peindre Velázquez, l'avers de cette grande toile dont nous ne voyons que le revers. Ils auraient ainsi vu l'invisible, percé un secret là où il n'y a rien à voir. Peine perdue aussi : non seulement ce tableau ne pouvait pas exister, non seulement tout le monde le savait à la cour et, donc, reconnaissait immédiatement le caractère fictif de la situation imaginée par Velázquez, mais la taille du châssis que nous voyons laisse entendre qu'il s'agit de celui du tableau que nous voyons, *Le Tableau de la Famille* qui mesure plus de trois mètres de haut (trois mètres dix-huit exactement), beaucoup plus grand que le portrait royal en pied peint la même année (à peine plus de deux mètres). D'ailleurs, on n'a qu'à regarder : même s'il s'est un peu reculé dans la profondeur, Velázquez est manifestement beaucoup moins grand que le châssis qui lui fait face et, s'il y a un nain dans le tableau, ce n'est certainement pas lui. Bref, au lieu de chercher à tordre le cou, en bon positiviste, à la fiction imaginée par Velázquez, une fiction, encore une fois, transparente pour les contemporains, il vaut mieux la reconnaître pour ce qu'elle est : une fiction rendant hommage au roi, discrètement, presque subrepticement, avec cette *sprezzatura*, cette fausse nonchalance où l'art cache l'art et dont Baldassare Castiglione avait fait la plus haute qualité du parfait courtisan.

D'accord, mais tu n'as pas encore dit en quoi consistait cet hommage. Avance !

Tu as le sentiment que, pour reconstituer la stratégie courtisane de Velázquez, il te faut, une fois encore revenir aux conditions dans lesquelles *Le Tableau de la Famille* a été à la fois conçu et perçu.

Donc, tu récapitules. Velázquez a inventé une fiction et le caractère fictif de sa mise en scène ne faisait aucun doute à l'époque. Pour appuyer ce que tu dis, tu trouves encore une autre raison à celles que tu viens d'évoquer : qu'il s'agisse du roi, de la reine ou de l'infante, un modèle royal ne posait jamais longtemps devant le peintre. Le portrait était réalisé en l'absence du modèle, à partir d'esquisses préparatoires. Le fait est bien connu et, s'il en fallait une confirmation, tu la trouverais dans un tableau peint par le gendre de Velázquez, Juan-Batista del Mazo, qui lui succède en 1661 comme peintre de la Chambre du roi. C'est une peinture de dimensions moyennes qu'on appelle, faute de mieux, *La Famille du peintre*. Référence incontestable au *Tableau de la Famille* (même si un portrait du roi en buste est venu remplacer, au même endroit, le reflet dans le miroir), ce tableau montre à l'arrière-plan le peintre (Velázquez ou son gendre ?) dans son atelier, debout devant sa toile, en train de peindre un portrait de l'infante Marguerite en l'absence de son modèle. En 1656, il était donc hors de question de se laisser prendre au petit piège de Velázquez et de croire que le roi et la reine auraient pu poser assez longtemps pour que leur fille, s'ennuyant d'eux, vienne les voir dans l'atelier du peintre. Tu t'amuses d'ailleurs à lire que le tableau avait, très vite, suscité de lui-même l'invention d'une petite histoire équivalente, mais inversée. C'est Palomino, une fois encore, qui raconte que le roi, qui « estimait beaucoup » le tableau, venait souvent voir Velázquez le peindre ; et la reine aussi « descendait » souvent, avec les infantes et ses dames, se divertir à regarder le peintre au travail. Le contraire, donc, de ce que peint Velázquez. L'histoire est jolie mais tu n'y crois guère : elle ressemble trop au thème consacré du prince, roi, empereur, venant voir l'artiste dans son atelier et allant même jusqu'à ramasser le pinceau tombé à terre. Le motif remonte à l'Antiquité, Alexandre le Grand et son peintre Apelle. L'anecdote permettait, à moindres frais, d'exalter le prestige de la Peinture — ou, en tout cas, celui dont elle devrait jouir. Mais la petite histoire de Palomino t'intéresse quand même parce qu'elle montre que, dès la fin du XVIIe siècle, le reflet dans le miroir enclenchait un récit, et il est piquant de constater que sa première version inverse, comme au miroir, celle qui fera finalement autorité. Comme quoi, c'est un vrai piège que présente aux narrateurs de peinture le miroir muet de Velázquez.

Revenons à nos moutons. Autorisée par le thème de l'œuvre (la famille royale et sa descendance), la réunion du roi et de la reine dans un pseudo-reflet confirme le caractère non officiel, privé, de la peinture et des relations qui y sont représentées. Ce n'est pas tout. Dans les conditions historiques qui étaient celles de la réception du tableau — installé dans une pièce privée du roi, réservé à son seul regard et à ceux des invités de marque (un peu à la manière de la Chambre des époux au palais ducal de Mantoue où le prince se montre en pantoufles, son chien endormi sous son fauteuil) —, le pseudo-reflet du couple royal constituait un hommage au roi car il confirmait le roi dans sa « position absolue de monarque » (là, tu cites Louis Marin parce que, bien entendu, pour réfléchir aux *Ménines*, tu as relu son *Portrait du roi*). Tu vas même un peu plus loin : le reflet fait subrepticement du roi l'« omnivoyant », le Dieu du tableau. (Là, c'est à Nicolas de Cues que tu penses et, entre autres, à son texte que tu aimes tant, *Le Tableau ou la vision de Dieu*, où le théologien prend la peinture en exemple pour faire comprendre la nature du regard de Dieu omnivoyant, qui rassemble dans son regard tous les regards.) Au travers de ce miroir, le roi est l'omnivoyant puisque les regards qui sortent du tableau sont censés être tournés vers lui, qui les regarde à la fois depuis son bureau d'été et du fond du tableau. À ton avis, comme *concetto* courtisan, il était difficile de faire mieux.

Alors on t'objecte, évidemment, que Velázquez n'avait lu ni Nicolas de Cues ni Louis Marin. Tu en fais un intellectuel d'une ampleur qui contredit ce que tu disais tout à l'heure. L'argument ne t'arrête pas longtemps car tu ne prétends pas que le peintre a élaboré conceptuellement son idée. Son *concetto* est visuel ; ce sont les mots que tu emploies pour le dire, inévitablement, qui peuvent faire croire que tu imagines un Velázquez philosophe. L'objection te paraît même à la limite de la mauvaise foi. De deux choses l'une en effet : ou bien on estime que les peintres ne pensent pas, qu'ils se contentent de peindre sans comprendre ce qu'ils font, occupés seulement à des questions formelles (d'une certaine façon, c'est ce qu'aurait dû faire le peintre du film de Greenaway, *Meurtre dans un jardin anglais*, et il est châtié, les yeux crevés, pour ne pas avoir respecté son contrat, le « contrat du peintre » comme le déclare le titre anglais du film, *The Draughtsman's Contract*) ; ou bien on estime — et c'est ton cas — qu'ils pensent visuellement, « en peintres », avec leurs pinceaux, et que leur pensée s'offre à déchiffrer à travers la façon dont ils mettent en œuvre, dans leurs œuvres, les divers sujets qu'ils peignent, qu'on leur donne à peindre.

De ce point de vue, le *concetto* courtisan des *Ménines* te paraît confirmé par la construction perspective du tableau, qui indique discrètement que le roi est le seul à posséder ce regard absolu. Contrairement à ce qu'on pourrait croire à première vue, le point de fuite de la perspective ne se trouve pas en effet dans le miroir mais dans l'avant-bras du Velázquez *bis*, José Nieto, l'*aposentador* de la reine qu'on voit au fond à travers la porte ouverte. Or, ce point de fuite indiquant l'emplacement théorique de notre regard, la construction méditée du tableau implique que, quand nous le regardons, nous ne sommes pas en face du miroir mais, un peu plus sur la droite, en face de la porte. Elle implique donc aussi que, si les figures peintes regardent le roi, elles ne nous regardent pas. À ta connaissance, Damisch est le seul à avoir tiré des conséquences vraiment significatives de ce léger décalage. Selon lui, en déplaçant le point de fuite par rapport au miroir, Velázquez a « disjoint » l'unité du miroir et de la porte qui caractérisait un des modèles du tableau, le *Portrait Arnolfini* de Van Eyck — que Velázquez connaissait bien puisqu'il faisait partie des collections royales et où le miroir central présentait, dans la porte, le témoin du tableau. Or, toujours d'après Damisch, ce dispositif permet à Velázquez de montrer et d'articuler l'écart entre l'« organisation géométrique » du tableau et sa « structure imaginaire » : la première « produit » le sujet en marquant sa place devant le tableau ; dans la seconde, ce même sujet se manifeste par la *visée* qui le définit en tant que tel.

Tu n'insisteras pas sur les belles conséquences que Damisch tire de cette analyse ; il faut le lire. Et puis ce qui t'intéresse, toi, égoïste, c'est ce qu'il apporte à ta propre réflexion. Et ce n'est pas mince. Rapporté à la « conception » du tableau, l'emplacement du point de fuite peut en effet être considéré comme neutre. Entre parenthèses, tu n'en es pas si sûr, car le bras de Velázquez *bis* tient soulevé un rideau et tu n'es pas loin de penser que son geste constitue, au fond du tableau, comme une métaphore ou un pendant de l'activité du peintre qui fait voir, qui ouvre la représentation. En tout cas, neutre ou pas, si cet emplacement est écarté par rapport au miroir, l'horizon géométrique qu'il détermine est, par rapport à ce même miroir, tout sauf neutre. Manifestement, il ne correspond à aucun regard dans le tableau — sauf, surprise jubilatoire quand tu l'as constaté, à celui du roi, situé exactement à la hauteur du point de fuite. Cette coïncidence n'est évidemment pas le fruit du hasard et elle n'est pas non plus un détail insignifiant : elle déclare silencieusement, à un registre proprement subliminal, que *Le Tableau de la Famille* a été peint, construit, conçu, à l'horizon du roi.

Tu le tiens, ton *concetto capriccioso*, et tu le for mules plus clairement : c'est sous le regard du roi, pour son regard de roi et en fonction de ce regard que le tableau est construit, vu, connu. Seul le roi est « à l'horizon » du tableau. C'est par rapport à lui seul que se noue cette continuité entre l'espace représenté et l'espace d'où l'œuvre est regardée que le vieil Alberti recommandait d'instaurer en plaçant l'horizon géométrique à la hauteur du regard des figures peintes. Personne ne partage le regard royal, son horizon. Personne, sauf nous. spectateurs. Mais, placés comme nous le sommes, face au coude du Velázquez *bis*, nous ne croisons pas ce regard ; il faudrait pour cela que, depuis le miroir, le roi daignât tourner son regard vers nous — événement qui, personne ne te contestera ce point, a peu de chances de se produire jamais. Décidément, Foucault allait trop vite en besogne quand il écrivait que « dans le sillon neutre du regard qui transperce la toile à la perpendiculaire, le sujet et l'objet, le spectateur et le modèle inversent leur rôle, à l'infini ». En fait, le jeu subtil et l'écart entre la structure imaginaire du tableau et son organisation géométrique manifestent, même au sein d'un *capricho* privé, le roi comme monarque et en font, comme tu l'avais entrevu, le « sujet absolu » du tableau. Tu comprends mieux que, deux ans plus tard, Velázquez soit finalement fait, sur intervention royale, chevalier de l'ordre de Santiago — et qu'il vienne alors retoucher *Le Tableau de la Famille* pour ajouter cette croix rouge sur son pourpoint.

Bien. Tu es content de toi. Tout cela te paraît correspondre à ce qu'a pu être la conception du tableau, pensée par le peintre avant d'être proposée à son roi, pour acceptation. Tes conclusions sont assez éloignées de celle de Foucault mais tu ne récuses pas pour autant sa lecture. Car le dispositif du tableau peut produire un effet de sens spécifique dès lors que ses conditions de réception ont radicalement changé. Comme tu le disais, Foucault a démocratisé *Les Ménines*. Mais il y était autorisé, après tout, par le fait qu'elles s'étaient, elles-mêmes, démocratisées : elles ne sont plus accrochées dans le bureau d'été du souverain mais dans un musée, le Prado, accessible à tous. Foucault parle du tableau qu'il a vu, tel qu'il l'a vu.

Du même coup cependant, du fait que tu ne rejettes pas l'interprétation de Foucault et des autres, une question te tracasse encore et il faut que tu y répondes : comment se fait-il qu'un tableau courtisan qui voulait exalter discrètement le roi comme « sujet absolu » ait pu, après coup, être perçu comme suscitant une « élision du sujet » ? C'est le terme qu'emploie Foucault et, à moins de rejeter son interprétation — ce que, précisément, tu ne veux pas faire —, tu dois comprendre comment se justifie ce renversement *a posteriori* de l'effet de sens qu'il produit dans le tableau. Autrement dit — et, là, tu pèses tes mots parce que la pertinence de ta réponse dépend de la précision de la question —, comment le dispositif mis au point par Velázquez contenait-il, en puissance, l'effet que Foucault a mis au jour au prix d'un anachronisme délibéré et au déni de ce que pouvait chercher le peintre courtisan ?

Le temps passe. Tu en as mis du temps avant de trouver ton chemin ! C'est seulement quand tu es revenu, une fois de plus, à ton point de départ que les choses ont recommencé à s'organiser. Ce point de départ, c'est la petite histoire, la fiction narrative que le tableau met en scène. Tu es reparti, donc, de ce bref récit : « Alors que le peintre peignait le roi et la reine, l'infante Marguerite est descendue voir ses parents, accompagnée de ses suivantes. C'est ce qu'a peint le peintre. » Tu as essayé de formuler cette anecdote de façon à faire surgir, sans forcer sa simplicité élémentaire, ce qu'elle pouvait impliquer de théorique, qui échapperait aux strictes circonstances du récit. Tu as pris les choses à l'envers et obtenu : « Le peintre a peint ce qui s'est passé quand il peignait le roi et la reine » (c'est-à-dire, l'arrivée de l'infante, etc.). Tu tenais le bon bout. Tu as généralisé la formule et ça a donné : « Le peintre a représenté ce qui s'est passé quand il représentait (le roi et la reine). » Pour obtenir une formule moins anecdotique encore, tu as écrit : « Il a représenté les circonstances de sa représentation. » Le mot « circonstances » ne donnait rien. Tu en as cherché un autre. En fait, tu voulais dire qu'il avait représenté le lieu et le moment de la représentation, l'atelier avec sa galerie de tableaux et la venue de l'infante, l'instant du regard échangé. Bref, ce que tu désignais, c'étaient l'espace et le temps où cette représentation s'était faite. Tu as rayé « circonstances » et l'as remplacé par « conditions » — comme quand on parle des « conditions d'une expérience » — et tu as obtenu : « Il a représenté les conditions de la représentation. » À ton avis, tu ne pouvais pas aller plus loin.

Tu n'en avais plus besoin. Car cette phrase te faisait entendre des échos anciens. Elle t'a ouvert une piste. En faisant glisser l'attention de l'objet représenté (dans la fiction narrative, le roi et la reine) aux conditions de sa représentation, le dispositif de Velázquez a eu pour effet de rendre incertain l'objet même de la représentation : sa présence objective — sa présence d'objet donné dans l'expérience — ne peut plus être certifiée.

(La perspective aurait confirmé le caractère improbable du reflet dans le miroir, mais peu importait puisque l'idée même d'un double portrait royal était une fiction, immédiatement reconnue comme telle à Madrid en 1656. N'en parlons plus : ce reflet a toujours été un pseudo-reflet.) Tu as relu Foucault, une fois de plus, et tu as constaté qu'il le laissait entendre quand il écrivait que « de tous les éléments qui sont destinés à offrir des représentations, il [le miroir] est le seul qui fonctionne en toute honnêteté et qui donne à voir ce qu'il doit montrer » ; et puis, une page plus loin, il écrit qu'« il ne reflète rien de ce qui se trouve dans le même espace que lui [...]. Ce n'est pas le visible qu'il mire ». Ainsi, ce qu'il montre, ce miroir, ce qu'il « doit montrer » n'est pas le visible, n'est pas ce qui peut se voir dans cet endroit-là à ce moment-là, *hic et nunc*. Le miroir démontre « honnêtement » que la présence du roi et de la reine est impossible à certifier. Autant donc que le *sujet* (qui retient surtout Foucault), c'est l'*objet* de la représentation qui est, comme il dit, « élidé ». Et, sur ce point, ce qu'écrit Damisch t'a été à nouveau très utile. « Élidé » ne veut dire ni supprimé, ni exclu, ni absent, mais supposé présent comme condition et origine de la représentation. C'est bien ce que montre *Le Tableau de la Famille* : la présence du roi organise ce que nous voyons mais elle demeure simultanément insituable, hors de notre saisie ; elle échappe à notre « connaissance » et pourtant c'est par rapport à elle et en fonction d'elle que ce que nous voyons se définit.

Cette conclusion t'a troublé D'un côté, elle s'accordait bien, historiquement, à l'idée d'un hommage courtisan, à travers le thème (connu à l'époque) des *arcana principis*, du mystère de l'être royal. Mais, d'un autre côté, elle aboutissait à un paradoxe qui t'a laissé perplexe. Si ta description était juste — et tu ne voyais pas où elle ne l'était pas —, elle te conduisait à des formules où tu entendais irrésistiblement l'écho d'anciennes lectures : Kant et sa *Critique de la raison pure*. Velázquez, précurseur de Kant ? Arrête !

Pourtant, tu as continué ! Tu as même insisté et précisé. (En fait, tu n'avais pas à faire preuve d'une subtilité philosophique particulière ; il te suffisait de ne pas faire de grosses bourdes.) Tu es allé relire les quelques extraits de Kant qui dormaient dans ta bibliothèque et tu as compris · ta description faisait du roi l'« objet transcendantal » du tableau — c'est-à-dire, avec Kant, quelque chose qui, tout en étant indéterminé, peut être déterminé à travers le divers des phénomènes et constitue le corollaire de l'unité de l'aperception.

C'est compliqué. Normal, c'est du Kant. Mais ça correspond bien à ce que tu vois : un ensemble de personnages divers dont la présence est manifestement organisée en fonction d'un « objet », le roi et la reine, dont la présence objective est insaisissable. Tu pouvais dire aussi que le roi est le « noumène » du tableau : quelque chose qui n'est pas l'objet de notre intuition sensible — ça, c'est le « phénomène » — mais qui est l'objet d'une intuition non sensible, quelque chose qu'on peut penser, mais pas connaître. Et, là, tu ne faisais après tout que retrouver une caractéristique essentielle du monarque dans la théorie de la monarchie absolue. Sans avoir lu Kant, Velázquez pouvait bien montrer, dans son tableau, ce qui constituait, depuis longtemps, presque un lieu commun du mystère du roi et du prestige royal.

Tu restais quand même perplexe. En suivant une approche historienne de l'effet de sens produit par le dispositif des *Ménines*, tu construisais un anachronisme pire encore que celui de Foucault. Ce tableau n'était pas seulement, comme il l'écrit, la « représentation de la représentation classique » ; tel que tu le déchiffrais, c'était devenu un tableau kantien, en avance de plus d'un siècle sur la pensée philosophique qui lui était contemporaine. C'est un comble ! On va encore te reprocher de céder trop facilement au démon de la déduction ! Tu ferais mieux de ne pas en parler, de garder tout ça pour toi.

Pourtant, plus tu réfléchis, moins tu vois où tu te serais fourvoyé. D'abord, ton aboutissement ne contredit pas celui de Foucault. Après tout, la « critique » opérée par Kant se situe dans le champ de la représentation classique. Pour Kant comme pour Descartes, un « je pense » doit pouvoir accompagner toute représentation. Dans ce contexte classique au sens large, si ton analyse conduit à une conséquence différente de celle de Foucault, déplacée par rapport à elle, c'est, tu t'en rends compte maintenant, parce que tu t'es intéressé à la position et au statut de l'*objet représenté* — supposé tel par la fiction qui fonde la représentation — et non à la position et au statut du *sujet représentant* — qui constitue le point de départ du texte de Foucault (« Le peintre est légèrement en retrait du tableau ») et son point d'aboutissement (« Et libre enfin de ce rapport [au sujet] qui l'enchaînait, la représentation peut se donner comme pure représentation »). En fait, bien des formules de Foucault correspondent à ce que tu décris. Tu voudrais en avoir trouvé certaines et, quand tu relis ses treize pages, tu constates qu'elles t'ont marqué. Si ton analyse a conduit presque irrésistiblement à une conséquence kantienne, c'est que la petite histoire inventée par Velázquez pour rendre hommage au roi comme principe (absolu) du *Tableau de la Famille* consistait, déjà, à déplacer l'attention de l'objet représenté aux conditions de sa représentation. Or, dans son processus, cette fiction n'est pas radicalement étrangère à l'opération intellectuelle qui préside à la *Critique* kantienne. Tu as attentivement lu la seconde Préface de la *Critique de la raison pure*, celle de 1787 : Kant se fixait pour objectif, à partir de l'analyse des conditions de possibilité de la connaissance, de « prendre l'objet » dans deux sens (« comme phénomène et comme chose en soi ») pour fonder une Métaphysique « bien établie en tant que science ». Velázquez, lui, grand peintre courtisan, « prend » le roi comme phénomène (sous l'espèce de sa « famille ») et comme « chose en soi », insaisissable dans le visible. Il fonde ainsi, dans son tableau, la métaphysique de la royauté.

Là, une nouvelle idée t'est venue, irrésistible. Une association d'idées plutôt, à propos du miroir et de son aspect, de la façon dont il se présente comme miroir. En fait, si on reconnaît un miroir dans la surface où apparaissent les effigies royales, c'est à cause du mince filet de peinture blanche que Velázquez a glissé entre le cadre noir et les figures, et qui suggère la réfraction, dans l'épaisseur du verre, de la lumière venant de la fenêtre. Cette réfraction suscite aussi une légère brillance à travers l'ensemble du miroir, brillance qui à la fois attire le regard et voile légèrement le reflet du roi et de la reine. Ce filet t'a fait penser aux nimbes carrés ou rectangulaires qui, dans la tradition, distinguaient des saints les personnages vivants investis d'une puissance sacrée ou d'un rapport privilégié au sacré — et tu t'es dit que cette allusion s'accorderait assez bien au contexte monarchique du tableau et à la théorie du mystère de la personne royale. Mais tu n'as pas voulu pousser plus loin le rapprochement. Il te paraît quand même trop arbitraire et, d'ailleurs, peu importe puisque l'idée du nimbe en a fait venir une autre, qui te paraît meilleure. Devant ce miroir où se reflète, voilée dans sa propre lumière, la présence insaisissable de la personne royale, tu as pensé à la très célèbre phrase de saint Paul selon lequel, sur terre, « nous voyons [Dieu] dans un miroir, en énigme ». Le miroir des *Ménines* et son problématique reflet, instruments permettant au peintre de suggérer l'énigme du corps royal, le mystère de sa nature divine ? Tu avais lu naguère Kantorowicz ; tu n'as pas oublié l'actualité au XVIIe siècle du thème ancien du « double corps » du roi, corps mortel de l'individu, immortel de la « corporation royale » momentanément incarnée dans le roi régnant. Une telle allusion ne serait pas déplacée dans un *Tableau de la Famille* royale dont l'infante est la protagoniste.

Pourtant, tu hésites. L'interprétation pourrait être forcée car, tu ne l'oublies pas non plus, le tableau est un *capricho*, un portrait *privé* de l'infante ; l'allusion au double corps du roi serait plus justifiée dans un portrait *officiel* de la petite Marguerite ; elle serait plus sensible si Velázquez n'était pas là, autoportraituré en train de regarder ses modèles, le roi et la reine, etc. Donc, tu hésites. Et puis tu repenses à Manuela Mena Marques, la conservatrice du Prado, et à l'interprétation historique nouvelle qu'elle propose du tableau : un tableau dynastique d'où le peintre était, à l'origine, absent. Il est temps que tu fasses sérieusement attention à ce qu'elle dit : non seulement sa proposition te satisfait historiquement, mais tu as l'impression qu'elle ne contredira pas, loin de là, ta propre interprétation. Elle pourrait plutôt fonder historiquement la pertinence de son anachronisme.

Tu résumes. Selon Manuela Mena Marques, il y a eu, sur la même toile, deux versions successives du *Tableau de la Famille*. Dans la première, le peintre et son châssis étaient absents ; à leur place, comme le font entrevoir les radiographies, Velázquez avait peint un jeune homme, tourné vers l'infante et lui présentant ce qui pourrait être un bâton de commandement, ainsi qu'un grand rideau rouge et une table avec un bouquet de fleurs. Loin d'être un *capricho* privé, il s'agissait d'un tableau tout ce qu'il y a de plus public et officiel. En l'absence d'héritier mâle et dans le contexte de la guerre avec la France, Philippe IV aurait, après de longues tergiversations, décidé d'accepter le mariage de sa fille aînée, l'infante Marie-Thérèse, avec Louis XIV et de désigner Marguerite comme l'héritière du trône. Commandé à Velázquez alors que ce dernier, en tant qu'*aposentador* du roi, ne peint plus que pour des occasions exceptionnelles, le *Tableau de la Famille* constitue alors le document et la mémoire de cette décision considérable : c'est une « Allégorie de la monarchie » et toute son iconographie (du geste des suivantes aux thèmes des tableaux accrochés à la paroi du fond en passant par l'anneau d'or de la naine Mari Barbola) est à réinterpréter dans ce sens — ce que ne manque pas de faire brillamment Manuela Mena Marques. Dans ce contexte, le reflet des deux figures royales dans le miroir n'a évidemment rien à voir avec une quelconque séance de pose pour un inexistant double portrait : il manifeste seulement la présence du roi au centre de la composition (car le tableau aurait été ensuite raccourci sur la gauche). Tu notes que la conservatrice ne dit rien quant au choix d'un miroir pour manifester cette présence. Velázquez, après tout, aurait pu peindre un portrait du roi, comme le fera son gendre quelques années plus tard. À ton avis, dans le contexte dynastique et allégorique du tableau, ce choix du miroir n'est pas neutre ; il donne à cette présence un statut spécifique, un mystérieux prestige, en un mot, cette *aura* vivante quasi divine (l'« apparition unique d'un lointain », selon Benjamin) qui explique que tu aies pu penser à saint Paul.

Puis, le 20 novembre 1657, c'est la naissance de Felipe Prospero, qui devient immédiatement l'héritier mâle du trône. Le *Tableau de la Famille* perd dès lors son sens et, plus encore, sa fonction. Toujours d'après Manuela Mena Marques, on l'abandonne, on l'oublie, on ne s'occupe plus de lui. Elle va peut-être un peu loin mais un fait est sûr : son message dynastique est périmé. Dès 1659, l'infante Marguerite est d'ailleurs promise à l'empereur et c'est sans doute à la fin de cette même année que Velázquez, qui a le droit à partir de novembre 1659 d'arborer sur sa poitrine la croix rouge de l'ordre de Santiago, reprend le tableau pour l'actualiser et l'adapter aux nouvelles conditions de la monarchie. C'est alors que l'œuvre publique devient un tableau privé et le portrait dynastique un *capricho* courtisan.

Malgré quelques réserves — pourquoi, par exemple, le chien serait-il endormi, exceptionnel lement, dans un portrait officiel ? —, tu es séduit, presque convaincu, par l'analyse. Elle rend bien compte des complexités de l'œuvre en fonction des pratiques, très codées, de la cour et (avoue-le, c'est sans doute ce qui te plaît le plus) elle explique historiquement comment ce tableau a pu produire un effet de sens et des interprétations qui lui sont anachroniques. Une dernière fois, tu démontes le mécanisme.

En s'introduisant dans le tableau, Velázquez célèbre sa propre gloire, celle d'un peintre décoré de l'ordre de Santiago et autorisé à se représenter à côte d'une altesse royale (Goya le fera plus modestement au siècle suivant). Il célèbre aussi la gloire de la peinture : à travers son plus grand représentant, Velázquez lui-même, c'est à l'art de peindre qu'est reconnu, finalement, le prestige d'un art « libéral » et non « mécanique ». Ça, on l'avait perçu depuis longtemps. C'était même la réponse la plus élaborée que les historiens avaient apportée à l'interprétation décoiffante de Foucault. Dans la ligne entre autres des *Dialogos de la pintura* publiés en 1633 par Vicente Carducho, *Les Ménines* (dans leur version de 1659) mettent un terme triomphal à la polémique qui a agité le « siècle d'or » de la peinture espagnole en exaltant, avec l'aval du roi, la noblesse de la peinture, où l'activité de la main « démontre » l'idée. La peinture, *cosa mentale* : Léonard l'avait affirmé depuis longtemps mais c'est à Velázquez que revient, en Espagne, l'honneur d'en faire admettre le principe, en acte et pas seulement en théorie. Dans *Les Ménines*, son attitude est explicite : prenant distance par rapport à sa toile, il fait une pause dans son activité manuelle mais travaille « en esprit » et prépare mentalement ce que la main va peindre.

Foucault ne s'est pas trompé en ouvrant par là sa description du tableau (« Le peintre est légèrement en retrait du tableau ») et tu es frappé, en le relisant une fois encore, par l'accent qu'il porte sur le bras du peintre : « Le bras qui tient le pinceau est replié sur la gauche, dans la direction de la palette ; il est, pour un instant, immobile entre la toile et les couleurs. Cette main habile est suspendue au regard ; et le regard, en retour, repose sur le geste arrêté. » Tu es frappé par cette description de la « main habile » en suspens parce que tu te rappelles un texte publié en 1983 dans la revue *Art History*. (Comme quoi, l'histoire de l'art n'est pas toujours aussi stupide ou inutile que certains voudraient te le faire croire.) Tu l'as relu. John Moffitt y rapproche, de façon convaincante, la pose de la main de Velázquez dans *Les Ménines* et l'illustration finale des *Dialogos de la pintura* de Carducho. Véritable emblème de la peinture puisqu'elle associe un titre (ou *motto*), une image et un commentaire en quatre vers, cette illustration présente, sous le titre énigmatique « Potentia ad actum tamquam tabula rasa », un pinceau obliquement posé sur un panneau encore vierge. Plus encore que ce pinceau — frère jumeau, inversé dans le miroir, du pinceau de Velázquez —, le commentaire t'a impressionné : « La toile blanche [*tabla rasa*] voit toutes les choses en puissance ; seul le pinceau, avec une science souveraine, peut réduire la puissance à l'acte. » Vicente Carducho affirme glorieusement la toute-puissance de l'*acte* du peintre, du *peindre*. Il te paraît assez proche de Léonard, pour lequel, si la peinture était *cosa mentale*, l'exécution était plus « noble » encore que la seule conception mentale parce qu'elle met en acte l'image à venir

C'est bien cela qu'a peint Velázquez dans ses

Ménines seconde mouture. La toile blanche, la « table rase », c'est le revers de la toile que nous voyons et dont l'avers contient, en puissance, un tableau que nous ignorons et que conçoit, seul, le peintre qui nous regarde — et le moment choisi est celui du suspens « entre la fine pointe du pinceau et l'acier du regard » (encore Foucault), avant que le pinceau ne mette en acte cette puissance de peinture, cette peinture en puissance qu'implique la toile.

Du même coup, tu as le sentiment que l'emblème de Carducho (que Velázquez ne pouvait manquer de connaître, ajoutes-tu selon les habitudes historiennes) donne la clef, historique, de l'effet anachronique de sens, irrésistiblement suscité par les secondes *Ménines*. En s'introduisant le pinceau à la main, Velázquez produit aussi cette petite fiction narrative qui t'a déjà occupé mais, du même coup, il transforme radicalement la fonction du miroir présent dans la première mouture du tableau. Ce n'est plus l'instrument de l'aura marquant le mystère d'une présence quasi divine ; il provoque seulement l'énigme d'une peu probable présence. Pourtant, sa brillance « auratique » ne s'est pas effacée et, d'après toi, sa première fonction continue de hanter *Le Tableau de la Famille*. C'est cette rémanence qui enclenche l'effet anachronique de sens qu'a dégagé et formulé Foucault le premier. Car la puissance de la « mise en acte d'un possible » glisse du roi, figure ici-bas du divin, au peintre, qui représente le roi. Celui-ci est prêt à devenir cet « objet transcendantal » kantien sur lequel tu as, tout à l'heure, buté.

Plus tard, un autre souvenir t'est revenu. En 1435, le fondateur de la théorie classique de la peinture — ce bon vieil Alberti auquel Moffitt pense que *Les Ménines* rendent, en passant, hommage — avait, sans penser à mal, affirmé que le peintre « n'a affaire qu'avec ce qui se voit ». Or, de ce point de vue et à bien y réfléchir, dans ce tableau, Velázquez s'est comporté en véritable apprenti sorcier de la peinture : il a construit sa représentation sur un « objet » (le roi et la reine) qui, tout en étant à l'origine de la représentation, n'y est pas « donné » visiblement — sinon sous la forme du reflet d'une présence aussi insaisissable qu'originelle. Tu comprends mieux maintenant comment Luca Giordano a pu qualifier *Le Tableau de la Famille* de « théologie de la peinture ». Il aurait aussi pu dire qu'il en manifestait la métaphysique. *Le Tableau de la Famille*, devenu *Les Ménines*, démontre que le peintre n'a pas besoin d'être un intellectuel pour penser. Tout se passe comme si, là, c'était le tableau qui produisait visuellement du sens, indépendamment et au-delà des idées que le peintre et son commanditaire pouvaient s'en faire — et longtemps après leur disparition. C'est sans doute ça aussi, un chef-d'œuvre.

Décidément, il va falloir t'y mettre et écrire ce texte sur *Les Ménines*. Sérieusement.

DU MÊME AUTEUR

LA GUILLOTINE ET L'IMAGINAIRE DE LA TERREUR, Flammarion, 1987.

LE DÉTAIL. Pour une histoire rapprochée de la peinture, Flammarion, 1992.

L'AMBITION DE VERMEER, Adam Biro, 1993.

LÉONARD DE VINCI. Le rythme du monde, Hazan, 1997.

LA RENAISSANCE MANIÉRISTE (en collaboration avec Andreas Tönnesman), Gallimard, 1997.

LE SUJET DANS LE TABLEAU. Essais d'iconographie analytique, Flammarion, 1997.

L'ANNONCIATION ITALIENNE. Une histoire de perspective, Hazan, 1999.

ANSELM KIEFER, Éditions du Regard, 2001.

L'APPARITION À MARIE-MADELEINE. *Noli me tangere* (en collaboration avec Marianne Alphant et Guy Lafon), Desclée de Brouwer, 2001.

Composition Interligne.
Impression Bussière Camedan Imprimeries
à Saint-Amand (Cher), le 10 mars 2004.
Dépôt légal : mars 2004.
1er dépôt légal dans la collection : janvier 2003.
Numéro d'imprimeur : 041121/1.
ISBN 2-07-042764-1./Imprimé en France.

2056